Tucholsky Wagner Zola Scott Sydow Freud Schlegel
Turgenev Fonatne
Wallace Twain Walther von der Vogelweide Fouqué Friedrich II. von Preußen
Weber Freiligrath Frey
Fechner Weiße Rose von Fallersleben Kant Ernst Frommel
Fichte Richthofen
Engels Fielding Hölderlin Eichendorff Tacitus Dumas
Fehrs Faber Flaubert
Feuerbach Maximilian I. von Habsburg Fock Eliasberg Zweig Ebner Eschenbach
Ewald Eliot Vergil
Goethe Elisabeth von Österreich London
Mendelssohn Balzac Shakespeare Dostojewski Ganghofer
Lichtenberg Rathenau Doyle Gjellerup
Trackl Stevenson Tolstoi Hambruch Droste-Hülshoff
Mommsen Lenz
Thoma Hanrieder Humboldt
Dach Verne von Arnim Hägele Hauff
Karrillon Reuter Rousseau Hagen Hauptmann Gautier
Garschin Baudelaire
Damaschke Defoe Hebbel
Descartes Hegel Kussmaul Herder
Wolfram von Eschenbach Dickens Schopenhauer Rilke George
Bronner Darwin Melville Grimm Jerome
Campe Horváth Aristoteles Bebel Proust
Bismarck Vigny Barlach Voltaire Federer Herodot
Gengenbach Heine
Storm Casanova Tersteegen Grillparzer Georgy
Chamberlain Lessing Langbein Gilm Gryphius
Brentano Lafontaine
Strachwitz Claudius Schiller Kralik Iffland Sokrates
Katharina II. von Rußland Bellamy Schilling
Gerstäcker Raabe Gibbon Tschechow
Löns Hesse Hoffmann Gogol Wilde Vulpius
Luther Heym Hofmannsthal Gleim
Roth Klee Hölty Morgenstern Goedicke
Luxemburg Heyse Klopstock Kleist
Machiavelli La Roche Puschkin Homer Mörike Musil
Horaz
Navarra Aurel Musset Kierkegaard Kraft Kraus
Nestroy Marie de France Lamprecht Kind Kirchhoff Hugo Moltke
Laotse Ipsen Liebknecht
Nietzsche Nansen Ringelnatz
Marx Lassalle Gorki Klett Leibniz
von Ossietzky May vom Stein Lawrence Irving
Petalozzi Knigge
Platon Michelangelo Kafka
Sachs Pückler Kock
Poe Liebermann Korolenko
de Sade Praetorius Mistral Zetkin

Der Verlag tredition aus Hamburg veröffentlicht in der Reihe **TREDITION CLASSICS** Werke aus mehr als zwei Jahrtausenden. Diese waren zu einem Großteil vergriffen oder nur noch antiquarisch erhältlich.

Symbolfigur für **TREDITION CLASSICS** ist Johannes Gutenberg (1400 — 1468), der Erfinder des Buchdrucks mit Metalllettern und der Druckerpresse.

Mit der Buchreihe **TREDITION CLASSICS** verfolgt tredition das Ziel, tausende Klassiker der Weltliteratur verschiedener Sprachen wieder als gedruckte Bücher aufzulegen – und das weltweit!

Die Buchreihe dient zur Bewahrung der Literatur und Förderung der Kultur. Sie trägt so dazu bei, dass viele tausend Werke nicht in Vergessenheit geraten.

Mutter und Tochter

Ernst Wichert

Impressum

Autor: Ernst Wichert
Umschlagkonzept: toepferschumann, Berlin

Verlag: tredition GmbH, Hamburg
ISBN: 978-3-8424-1295-8
Printed in Germany

Vorwort

Ernst Wichert hat als Dichter und Kenner seiner ostpreußisch-litauischen Heimat der Nachwelt sein Bestes gegeben. Gerade in den »Litauischen Geschichten« treten die deutschen Züge dieser Heimatkunst am deutlichsten hervor, als deren gediegenster Vertreter Ernst Wichert nicht nur seinen Zeitgenossen galt, sondern auch heute noch im Gedächtnis des literarischen Deutschlands fortlebt. Sein Leben und sein Schaffen wurzeln tief in dem geistigen Boden seiner engeren Heimat Ostpreußen mit ihrem so einfachen, aber liebreizenden Landschaftsbild, der belebenden Würze seiner tiefen, romantischen Wälder, mit den klaren Augen seiner idyllischen Seen, mit dem gesunden, kräftigen Hauch der Ostsee und der an die Riviera erinnernden samländischen Steilküste. Mit diesem Fleckchen Heimaterde im nördlichsten Zipfel der deutschen Nordostmark, die auch das Kleinste nicht ohne hartes Ringen hergibt, aber einen eigentümlichen Zauber auf ein empfängliches Dichtergemüt auszuüben vermag, verwuchs Ernst Wicherts literarisches Schaffen zu einer wesenhaften Art originellen Gepräges. Von ostpreußischer Art war sein Denken und Fühlen, sein gerader, allem Gemachten und Unschönen abholder Sinn, sein stark ausgeprägtes Pflicht- und Verantwortungsgefühl als Richter und Dichter. Es steckte etwas von dem kategorischen Imperativ seines großen Landsmannes Kant in seinem Fleisch und Blut und bestimmte seinen der Pflicht und Arbeit geweihten Lebensweg. Von diesem unbeirrten, stets sich selber treuen Leben und seinem dichterischen Schaffen hat er in seiner Biographie »Richter und Dichter« in der seiner Art gemäßen anspruchslosen Weise der Nachwelt Rechenschaft gegeben, ein Selbstbekenntnis, das von seinem edlen Herzen und seinem von den höchsten Idealen entflammten Geist ein beredtes Zeugnis ablegt. Hier erfahren wir auch, wie er es ermöglichen konnte, in zwei schweren Berufen gleich heimisch und gleich fruchtbar zu sein, so daß er neben seiner vielbeschäftigten juristischen Tätigkeit, die er bis zu seinem fünfundsechzigsten Lebensjahr zuletzt beim Berliner Kammergericht ausübte; noch Dramen, Romane und Novellen schreiben konnte, die sechzig Bände und mehr umfassen. Aber er brachte für diese schwere Doppel-Lebensaufgabe nicht nur den erstaunlichen Fleiß mit, die strenge Selbstzucht, mit der er seine

Tätigkeit einteilte und regelte, den klaren Verstand, umfassende Bildung und sonnigen Humor, sondern auch einen unerschöpflichen Fond von Lebensenergie und Begeisterung für die Sache, der er diente, und die solide Grundlage für jedes tüchtige Talent: die gute Gesundheit und unverbrauchte Nervenkraft. Beruf und Poesie standen bei ihm nicht im Gegensatz, sondern gaben seinem glücklichen Leben ergänzenden Inhalt und das notwendige geistige Ausruhen durch den Wechsel der Arbeit. So sah er noch als Zweiundsiebzigjähriger mit weißen Haaren, und doch kein Greis, jugendlich frisch in die Welt, der er noch soviel zu sagen hatte, als am 21. Januar 1902 die frohgestaltende Feder für immer seiner Hand entsank.

Ernst Wichert wurde am 11. März 1831 als der älteste Sohn eines sehr tüchtigen Juristen und einer äußerst feinsinnigen, poetisch beanlagten Mutter in dem preußisch-litauischen Städtchen Insterburg geboren. Er wuchs im Elternhause in eine liberale Gesinnung hinein, die ihn, für alle fortschrittlichen Regungen empfänglich, durchs ganze Leben begleitete. Mit siebzehn Jahren konnte er schon zu einigem Verständnis für die politischen Strömungen der 1848er Jahre gelangen, und als Primaner und Student an der *Mater Albertina* in Königsberg war er Zeuge der Reaktion in der Konfliktszeit gewesen. So blieb er auch später als königstreuer Beamter und Verehrer des Königshauses doch auf seiten der Fortschrittspartei. Manche seiner späteren Romane, z. B. »Die Arbeiter«, »Getrennte Wege«, »Vom alten Schlage« und Dramen, wie »Washington«, »Die Fabrik zu Niederbronn«, »Peter Munk« und »Die Realisten« können als Zeitbilder betrachtet werden. Früh wandte sich sein vaterländisch gesinnter Geist patriotischen Stoffen aus der preußischen Geschichte zu, die namentlich in den Ostprovinzen vor wie nach lebendig war. Von den Schauspielen dieser Art ist wohl sein »Aus eigenem Recht« das bedeutendste gewesen. Aber es entstand auch im Laufe seines dichterischen Schaffens eine lange Reihe bedeutender historischer Romane aus der preußischen Geschichte, denen gründliche Geschichtsforschung und geistvolles Eindringen in die Zeiten der Vergangenheit nachgerühmt wird. In chronologischer Folge gibt er darin ein sehr treues und lebendiges Bild von der Vormacht Preußens im Wandel der Zeiten, wie in seinem besten Roman »Heinrich von Plauen«, dann »Tilemann vom Wege«, »Die Thorner Tragödie«, »Der Große Kurfürst in Preußen«, einem fünfbändigen Werk, »Von der deutschen Nordostmark« und schließlich in den »Litauischen Geschichten«. Letztere sind es vor allem, deren literarischer Wert seinen Namen überdauern werden, denn sie sind das Volkstümlichste, was er uns aus dem reichen Born seines Wissens hinterlassen hat. Hier schuf er ganz aus eigenem Erleben und eigener Beobachtung von Land und Leuten. Denn es war für den Dichter bedeutsam, daß die Anfänge seiner richterlichen Tätigkeit ihn mitten in das Herz des litauischen Sprachgebiets zwischen Memel und Pregel führten. Nach einem Kommissorium in Memel kam er als junger Kreisrichter 1860 nach dem Marktflecken Prökuls bei Heidekrug in Litauen und verlebte hier als junger Ehemann unter den schwierigsten wirtschaftlichen Verhältnissen drei Jahre, ehe er als Stadtgerichtsrat nach Königsberg zurückkam, das ihm seit seiner Schulzeit zur Heimat geworden war. Hier in der zweiten Residenz Preußens repräsentierte er bis 1888, seinem Wegzug nach Berlin, als der »ostpreußische Lustspieldichter« das literarische Deutschland und schenkte ihm neben anderem das nach Gustav Freytags »Journalisten« anerkannt beste deutsche Lustspiel »Ein Schritt vom Wege«, das auch heute noch seine belustigende Wirkung nicht verfehlt.

Erst in Königsberg formten sich die Eindrücke und tiefgründigen Studien während der litauischen Wanderjahre zu festen poetischen Gebilden und fanden 1868 ihren Niederschlag in dem ersten dreibändigen Roman »Aus anständiger Familie«, entschieden realistischer Art, dann in den »Litauischen Geschichten«, die für die Literatur ein poetisches Neuland gewannen. Er hat diese Novellen frei erfunden, webte aber überall wirkliche Begebenheiten ein, die, aus dem lebendigen Verkehr mit den Litauern gewonnen, den Charakter dieses merkwürdigen Völkchens wahrheitsgetreu widerspiegeln. Die beste Information, so erzählt er selbst, erhielt er von dem alten Gerichtssekretär, der zugleich litauischer Dolmetscher war und sich bei den Litauern, die bei allen Verhandlungen auf seinen Beistand angewiesen waren, eines großen Einflusses erfreute, sich aber auch in der langen Zeit seiner Amtsführung ihr volles Vertrauen erworben hatte. Namentlich boten die häufigen Fahrten in den Gerichtsbezirk zur Wahrnehmung von Lokalterminen und selbst über die Grenze hinaus zur Vernehmung von russischen Soldaten in den Kordonhäusern nach Exzessen bei Schmugglerritten treffliche Gelegenheit, ihn auszukundschaften. Er kannte die ganze Bauernschaft, alt und jung, persönlich und wußte von vielen sehr charakteristische Geschichten zu erzählen. Diese haben wohl auch dem Buch den Titel gegeben. Überall aber sah Wichert mit eigenen Augen, was er später novellistisch schilderte und drang stets auf wirkliche Übersetzung der Äußerungen der Litauer beiderlei Geschlechts.

Es ist eine ganz eigene Welt, die der Dichter hier entdeckte und, heute immer mehr und mehr schwindend, der Vergessenheit entriß. Ein merkwürdiger Volksstamm, dessen Kulturgeschichte, wie die der Wenden und Masuren, dem Untergang geweiht war und, wie der Dichter zeigt, geweiht sein mußte. Diese Litauer folgten ihren Leidenschaften mit einer Unbedenklichkeit, die mit einem Gewissen in unserm Sinne gar nichts zu tun hat. Denn jeder ist sein eigener Richter und büßt die Schuld des andern, ebenso wie seine eigene, in heroischer Selbstverständlichkeit, mit dem Tode. So weicht ihr Begriffs- und Gefühlsvermögen weit von dem unsrigen ab, ist aber doch aus ihren Lebensumständen heraus psychologisch durchaus berechtigt und erweckt unsere ganze Anteilnahme. Ihre Kultur mußte schwinden, da sie ihren alten Sitten und Gebräuchen sowie ihrer veralteten Wirtschaftsweise treu bleiben wollten und so in zähem Festhalten an ihnen mehr und mehr an Boden verloren. Dazu trug die unselige Neigung bei, sich möglichst jung zur Ruhe zu setzen und das Grundstück dem ältesten Sohn oder Tochter zu überlassen, sich selbst aber ein Ausgedinge, einen Altenteil zu sichern, was zu den größten Familientragödien führte. Ihr mangelndes Rechtsbewußtsein ließ sie skrupellos zu Gift und Büchse greifen, um einen Nebenbuhler zu beseitigen, und Meineide, Scheinverträge und Zeugenbestechungen waren Alltäglichkeiten. Durch Abfindung der andern Kinder durch Geld und Naturalien wurde der Grund und Boden derart belastet, daß die Besitzer Wucherern in die Hände fallen mußten, die ihre Not ausnutzten und sie in kurzer Zeit ruinierten. Da suchten sie den Verfall durch Schmuggel aufzuhalten, der an der litauisch-russischen Grenze blühte.

Die ganze Wesensart des Litauers weist jedoch auch Züge von hochpoetischem Reiz auf, die besonders in ihren Volksliedern, den Dainos, zum Ausdruck kommen. Der Menschenschlag ist schön und kräftig und erhält durch die bunte Tracht der Mieder und Röcke eine malerische Note, deren Anmut man sich auch heute noch bei Volksfesten hier und da erfreuen kann. Wie weiß der Dichter da zu schildern und fesselnde Bilder mit allem Licht und Schatten zu entwerfen! Mit treffenden Worten hat der Dichter Julius Wolff den Wert dieser litauischen Geschichten und die Bedeutung Ernst Wicherts als Heimatdichter gezeichnet. »Am packendsten wirkt seine poetische Kraft und Kunst, wenn er uns Land und Leute seiner engeren und weiteren Heimat vorführt. Da spürt man die scharfe ostpreußische Luft, den dumpfen litauischen Moorgeruch, die frische Brise vom Kurischen Haff. Da sieht man, wie die urwüchsigen Menschen dort auf ihrer Scholle leiben und leben, wie sie arbeiten und kämpfen, sorgen und sündigen im Drange der Leidenschaften und unter dem Druck der Not und Armut. Mit einem leisen Schauer legt man diese volkstümlichen Geschichten aus der Hand, und tief in der Seele des Lesers zittert ihr Nachklang.«

Ernst Wichert war neben seinem juristischen und dichterischen Beruf auch ein Künstler mit der Zeichenfeder. Auf allen Reisen und Wanderungen begleiteten ihn seine Skizzenbücher, in denen er nach der Natur mit einem über allen Dilettantismus weit hinausgehenden Maß landschaftliche Eindrücke mit dem Stift festhielt. Bedeutender aber sind seine vielen Hunderte von Federzeichnungen, in denen er aus der Erinnerung oder frei komponierend Landschaften entwarf, die sein inneres Auge widerspiegelte. Zunächst während der Gerichtssitzungen, dann später am Familientisch entstanden diese Federzeichnungen aus einem intuitiven Schauen heraus und zeugten von einem großen, selbst von Berufskünstlern anerkannten Können. Jede Zeichnung gibt ein anderes Landschaftsbild mit immer neuen Motiven und mit künstlerischer Beherrschung von Luft, Licht, Perspektive und architektonischen Einzelheiten, die immer das Wesentliche treffen. Mit ganz wenigen charakteristischen Grundlinien wurde der Entwurf festgelegt, und dann entstand das Bild beim Zeichnen weiter mit leicht hinfliegender Feder. Wichert hatte ein so gutes Formengedächtnis, ein so plastisches Denken, daß er auch noch nach vielen Jahren mit großer Sicherheit eine Landschaft in ihrem charakteristischen Stimmungsreiz bis in Einzelheiten hinein mit der Feder, gewissermaßen typisch, zeichnerisch wiederzugeben vermochte. So ist auch eine Reihe von Federzeichnungen entstanden, die auf den ersten Blick einen litauischen

Einschlag zeigen und die dieser Ausgabe der »Litauischen Geschichten« als Beigabe dienen sollen.

Und so möge das Werk des Dichters Ernst Wichert seinen Weg durch Deutschland als kulturgeschichtliches Dokument machen und für unsere ostmärkische Erde und unsere jetzt unter litauischer Herrschaft leidenden ostmärkischen Brüder, die so treu und opferwillig für das Deutschtum einstehen, werben.

Paul Wichert.

Die Hafenstadt Memel. Federzeichnung von Ernst Wichert

Mutter und Tochter

In einem der ersten Kämpfe um den Besitz Böhmens im Sommer 1866 war mit vielen anderen auch der Landwehrmann Jakubs Endratis gefallen.

Er war ein angesehener Wirt in dem litauischen Dorfe Aßpurtellen gewesen und hatte eine Witwe und ein Töchterlein hinterlassen, das damals erst drei Jahre zählte.

Die Wirtschaft befand sich in ziemlich gutem Zustande. Endratis hatte, nicht lange nachdem er seiner Militärpflicht genügt, das elterliche Grundstück übernommen, seinen Geschwistern eine Abfindung, den beiden Alten aber ein reichliches Ausgedinge sichergestellt. Diese Lasten drückten anfangs nicht gerade schwer, weil man sich gut vertrug, die Altsitzer am Tisch der Kinder aßen und die Geschwister »für die Zinsen« und andererseits gegen die üblichen Dienstleistungen im Hause unterhalten wurden. Die Schwiegertochter hatte etwas eingebracht und noch mehr zu erwarten, deshalb war sie wohlangesehen in der Familie. Bei ihrer Jugend und Unerfahrenheit mochte sie auch wenig geraten finden, ihrer Machtbefugnisse wegen Streit zu beginnen, zumal Jakubs zu seiner Länge von mehr als sechs Fuß auch das Kraftgefühl eines mit soldatischer Derbheit befehlenden Menschen besaß. Selbst von der Schwiegermutter erhielt Urte das Lob, daß sie sich in die Hausordnung immer zu fügen wisse.

Daß Urte freilich nicht ganz das sanfte Täubchen war, für das man sie so lange halten durfte, zeigte sich, als sie – fast drei Jahre nach der Hochzeit erst – Mutter geworden war. Sie schien auf dieses Ereignis nur gewartet zu haben, um ganz unvermutet mit großer Entschiedenheit als die Wirtin aufzutreten. Sie hatte die Schlüssel nicht ohne heftigen, eine Zeitlang selbst erbitterten Kampf behauptet. Auch war die Folge gewesen, daß die Altsitzer nun die vertragsmäßigen Leistungen beanspruchten und zwei von den Geschwistern des Mannes abzogen.

»Nun bist du erst der Wirt«, hatte Urte zu ihrem Manne gesagt. Darin konnte sie recht haben, er hatte auch eine Frau neben sich, die überall gefragt und gehört sein wollte. Vielleicht wäre ihr's mit allen

Mitteln, die einem jungen, hübschen und klugen Weibe zu Gebote
stehen, doch nicht gelungen, seinen störrischen Sinn zu bändigen,
wenn das Kind nicht geholfen hätte. Es blieb bei diesem einen.
Jakubs war in seine kleine Madle völlig vernarrt und kannte gar
kein größeres Vergnügen, als mit ihr wie mit einer Puppe zu spielen. Urte brauchte sie nur auf den Arm zu nehmen, um bei dem
heftigsten Streit mindestens vor einem Zornausbruch sicher zu sein.
Als das Kind gehen gelernt hatte, nahm sie es immer an die Hand,
wenn sie irgend etwas Verdrießliches verhandeln mußte, und es
schien, als ob ihr dann niemand böse begegnen könnte. Es ließ sich
aber auch wirklich nichts Niedlicheres sehen, als die kleine Madle
mit dem flachsblonden Haar und den himmelblauen Augen, und
als sie gar zu plaudern anfing und so komisch die Worte verdrehte,
sah man in ihrer Nähe stets nur heitere Gesichter. Schickte die Mutter sie in die Altsitzerstube, um etwas zu bitten, so kam sie nie mit
einer abschlägigen Antwort zurück. Als Jakubs in den Krieg mußte,
wurde ihm der Abschied von keinem so schwer, wie von Madle.
Nicht Frau Urte, sondern Madle erhielt den letzten Kuß.

Die Todesnachricht erschütterte Urte keineswegs so tief, als der
Herr Landrat vorausgesetzt haben mochte, da er eigens seinen
Kreissekretär mit dem Brief zu ihr schickte, damit er ihr tröstend
vorstelle, wie Endratis als tapferer Soldat für seinen König gestor-
ben sei. Sie lamentierte zwar ein wenig, wie es einer jungen Witwe
in solchem Fall geziemte, aber sie weinte nicht. Erst als Madle die
kleinen Arme um ihren Hals legte und nach dem Vater fragte, wurde sie weich. »Einen Vater hast du nicht mehr, du armes Kind,«
sagte sie, »aber Gott wird mich hoffentlich nicht verlassen, daß ich
dir helfe. Du bist nun mein ein und alles auf der Welt. Wenn du mir
bleibst, will ich nicht verzagen!«

Sie hatte sich ohne Jakubs sehr gut beholfen, und sie vermißte ihn
auch jetzt wenig. Vielleicht am schmerzlichsten war ihr's, daß sie
ihn nicht konnte feierlich begraben lassen. Nun sorgte sie wenigstens, daß in der Kirche an drei Sonntagen für ihn gebetet wurde,
und sie saß selbst dabei dicht unter der Kanzel, in ein schwarzes
Kopftuch gehüllt und Madle auf dem Schoße haltend. Jedesmal
steckte sie in die Armenkasse an der Kirchtür ein Geldstück, das
schwer auf den Boden fiel. Erdmons Endratis erhielt die Sonntags-
kleider seines verstorbenen Sohnes, der Knecht und Hütejunge

durften die schlechteren teilen; nur den Pelz, den sie selbst auf den Achseln und unten an den Ärmeln mit roter Seide benäht hatte, und ein Paar hohe Stiefeln behielt sie zurück, zum Andenken oder um selbst davon Gebrauch zu machen. Sie war ja nun der Wirt.

So sollte es auch bleiben. Zwar stellte ihr Erdmons eindringlich vor, daß sie doch als eine so junge Frau nicht werde wirtschaften können und daher am klügsten ihm oder seinem zweiten Sohn das Grundstück abtrete. Aber Urte wollte davon nichts wissen. Sie zweifelte nicht, daß sie bald nicht besser als eine Magd im Hause angesehen sein würde, wenn sie das Regiment abgäbe, und daß den Versprechungen derer nicht um die Ecke zu trauen sei, die von ihrem Unglück meinten Nutzen ziehen zu können. Das Grundstück solle für Madle bleiben, sagte sie, die doch einmal heiraten werde. So sei am besten für das Kind gesorgt. Bis dahin aber wollte sie's so gut verwalten, daß ihr künftiger Schwiegersohn zufrieden sein könne.

Dagegen war nun mit Gewalt nichts auszurichten. Wenn nur inzwischen Urte nicht ihren Sinn änderte! Eine so junge und hübsche Frau! Die heirate wieder, das sei so der Lauf der Welt, und wer ihn anders erwarte, der schüttele Birnen vom Apfelbaum. Erdmons drang darauf, daß sie wenigstens gleich bei Gericht dem Kinde Haus und Hof verschreiben lasse, damit hinterher kein Irrtum sei; aber auch das lehnte sie mit aller Entschiedenheit ab. Sie wolle nicht bei ihrer unmündigen Tochter zu Gast sein. Jeden Abend dankte sie Gott, daß er sie nicht habe Witwe werden lassen, ohne ihr ein Kind zu schenken. Madle war ihr Schutz und Schirm gegen alle Anfechtung ihres guten Rechts. So liebte sie das kleine Ding nur noch zärtlicher und hütete es ängstlich vor jedem Unfall. Hing doch an seinem Dasein ihr ganzes Lebensglück.

Das Trauerjahr war auch wirklich noch lange nicht um, als sich schon Bewerber meldeten. Es fehlte nicht im Dorf und in der Nachbarschaft an jüngeren Söhnen, die gern Wirte geworden wären und nebenbei auch mit einer Witwe vorlieb genommen hätten. Als gar erst der Krieg beendet war und die von den Fahnen entlassenen Soldaten heimkehrten, hätte Frau Urte die Auswahl unter den stattlichsten gehabt. Sogar der Jonas Jackstatis, der wegen seiner Tapferkeit auf dem Schlachtfelde zum Unteroffizier avanciert war, bewarb sich um ihre Hand. Sie schien aber nicht im mindesten den Wunsch nach einer Veränderung zu haben, lehnte alle Anträge ab, ohne sich auch nur eine Stunde Bedenkzeit zu nehmen, und gab nicht undeutlich zu verstehen, daß sie überhaupt nicht daran denke, sich wieder zu verheiraten. Sie brauche keinen Mann in der Wirtschaft und wolle keinen Herrn über sich haben, da sie doch selbst befehlen könne. Madle solle auch keinen Stiefvater bekommen.

Ganz dieser Gesinnung gemäß lebte sie denn auch eingezogen, nur mit ihrem Hauswesen und ihrem Töchterchen beschäftigt. Nicht daß sie sich von dem Mannsvolk ängstlich ferngehalten hätte! Wie man sie aber auch beobachtete, niemand konnte ihr nachsagen, daß sie jemals mit Blicken oder Worten ein freieres Benehmen herausgefordert hatte. Die Männer schienen ihr ganz gleichgültig zu sein. Man mußte wohl endlich daran glauben, daß sie ganz anders geartet sei, wie die Weibsleute sonst. Die habe kaltes Blut, hieß es nun, und ihre einzige Leidenschaft sei, Geld zusammenzusparen, damit Madle einmal eine reiche Frau werde. Nach einigen Jahren galt das für so sicher, daß man's aufgab, ihr gefallen zu wollen und sie mit Anträgen nicht mehr belästigte.

Da sie nun so lange der Mann in Haus und Hof gewesen war, nahm auch ihr Wesen etwas Männliches an, ohne daß sie selbst die Veränderung bemerkte. Sie griff bei jeder Arbeit mit an, scheute kein Wetter. War sie als Mädchen zierlich, auch als Frau noch zart und schmächtig gewesen, so rundete sich ihre Gestalt jetzt sichtlich in den Schultern und Hüften aus, das Gesicht bräunte sich im Sommer und behielt auch im Winter ein derbgesundes Ansehen, die Kraft ihrer Arme setzte manchmal die Feldarbeiter in Erstaunen. Sie sprach wenig, selten mehr als das Notwendige, immer in ernstem Ton und oft mit herrischem Ausdruck. Wer mit ihr zu tun hatte, wußte gleich, daß sich ihr nichts abschmeicheln ließe. Guten Rat wies sie nicht von der Hand; wollte sich aber einer in ihre Angelegenheiten einmischen, so fertigte sie ihn kurz und schneidig ab. Hatte sie eine Anordnung getroffen, so hielt sie mit Strenge darauf, daß sie auch ausgeführt wurde. Sie verstand so gut um einen Ochsen oder ein Pferd, als um ein Huhn zu handeln, das Geld ebenso festzuhalten, als zur rechten Zeit auszugeben. Sie sagte dem Ortsschulzen, wenn es sein mußte, grob die Wahrheit, und ließ von ihrem vermeinten Rechte nicht nach, auch wenn deshalb ein Prozeß unvermeidlich wurde. Spaß verstand sie am wenigsten von denen, die ihr am nächsten zu stehen meinten. Die Altsitzer fürchteten sie; was sie zu fordern hatten, erhielten sie pünktlich und nach genauem Maß, jede Überschreitung ihrer Befugnisse aber rügte sie rücksichtslos. Ihre Stimme nahm einen rauhen Klang an. Wenn sie im Herbst und Winter in ihres Mannes Schafspelz, die litauische Kappe über Kopf und Hals gezogen, auf dem Hof kommandierte, konnte ein Fremder sie unbedenklich für den Wirt selbst halten.

So männlich sie aber auch auftrat, so wenig vernachlässigte sie sich doch als Frau. Im Hause ging sie stets aufs sauberste gekleidet, die blaue Tuchjacke über der vollen Brust prall bis zum Halse zugehakt, das Kopftuch über dem glatten Haar zierlich im Nacken zusammengeknotet. Sie trug immer festes Schuhwerk und gab etwas auf ein hübsches buntgewebtes Schürzenband oder auf feine Stickerei des Hemdes. Sah man sie Sonntags in Kirchentoilette, so stach sie alle ihre Nachbarinnen aus. Nur eine Falte auf der Stirn, über den Augenbrauen aufsteigend, und der kalte Blick scheuchten auch dann zurück.

Madle erzog sie mit aller Sorgfalt. Gegen das Kind war sie am wenigsten streng, nur eine zärtliche Mutter erschien sie ihm jetzt nicht mehr. Von Liebkosungen hielt sie nichts. Freilich durfte Madle, die lang und dünn aufgeschossen war und viel kränkelte, nur über Kopfweh klagen oder einen schlechten Appetit verraten, um sogleich zu Bett geschickt zu werden. Sie schalt selten, aber sie sah auch nicht durch die Finger. Eifersüchtig achtete sie darauf, daß sich nicht ein anderer in des Kindes Herz schleiche, ihr selbst aber schien es doch nicht gegeben, sich durch herzliches Entgegenkommen Vertrauen zu erringen. Madle mochte das Gefühl haben, daß die Mutter immer mit ihr unzufrieden sei, und ging ihr gern aus dem Wege.

Die Wahrheit zu sagen, sie war kein liebenswürdiges Kind. Sie hatte viel von dem störrischen Charakter ihres Vaters, dem sie auch äußerlich sehr ähnlich sah, bestand oft mit Eigensinn auf ihrem Stück und konnte tagelang schmollen, wenn ihr etwas versagt wurde. Zudem hatte sie etwas Grüblerisches in ihrer Art, ließ sich schwer an eine Arbeit fesseln und saß am liebsten träumend unter den Birken im Garten, oder im Winter in dem Winkel hinter dem

Ofen. In der Präzentorschule lernte sie fleißig, aber viel leichter faßte ihr Gedächtnis die Lieder, die sie von den Mädchen singen hörte, und die oft gar nicht für ihr Ohr taugten, oder die Märchen, mit denen die Großmutter sie zu sich lockte. Sie konnte wild sein wie eine Katze, wenn sie sich gekränkt glaubte, und verschenkte ein andermal die Kleider vom Leibe, wenn ihr Mitleid erregt wurde. Den zottigen Hofhund, den niemand wegen seiner Häßlichkeit leiden mochte, küßte sie zärtlich; den niedlichen Spitz aber, den ihre Mutter in der Stube hielt, weil er reinlich und wachsam war, ärgerte sie auf jede Weise. Ihr Frühstücksbrot verteilte sie unter die unverschämten Sperlinge; den Tauben ihr Futter zu streuen, vergaß sie fast täglich. Mit den Kindern benachbarter Wirte wußte sie nicht zu spielen, ein ortsarmes Mädchen aber, das reihum mit den Überbleibseln vom Mittagstisch beköstigt wurde, hatte sie in ihr Herz geschlossen. Sie war in frühester Jugend verwöhnt worden. Alles drehte sich um sie, wie es ihr scheinen mußte, und später hörte sie von allerhand Leuten oft genug, daß sie die Erbtochter sei und einmal werde tun und lassen können, was sie wolle, besonders in der Altsitzerstube. »Wenn du einmal die Wirtin sein wirst, dann werden wir gute Tage haben – du wirst nicht vergessen, wer dein Vater war und woher das Grundstück stammt.« Madle hatte ihre Mutter wohl lieb, konnte aber nicht recht an sie heran. Ihre kühle Art, ihre strenge Tüchtigkeit, ihr nüchternes Urteil hielten sie in scheuer Entfernung. Mehr und mehr, je weiter sie heranwuchs. Sie war nun schon dreizehn Jahre alt geworden.

Frau Urte dachte nicht einmal darüber nach, was da etwa geschehen könne, das Verhältnis zu bessern. Es fiel ihr auch nie ein, zu wünschen, daß ihr Mann noch leben möchte, oder daß sie einen andern Mann hätte, und doch konnte sie sich mitunter recht einsam fühlen. Das machte sie verdrießlich. Ihr mürrisches Wesen mußte jeden abstoßen, der mit ihr zu tun hatte. Den übrigen Wirtsfrauen galt sie für stolz und übermütig; sie wollte freilich deren Klagen über häuslichen Zwist und Unart der Kinder nicht geduldig und mitleidig anhören. Man nannte sie »die Böse«. Darüber lachte sie freilich. Aber Freude, recht aus dem Herzen, hatte sie nicht einmal an ihrem Kinde.

Nun geschah's, daß ein weitläufiger Verwandter von Mutterseite nach Aßpurtellen kam und sich bei ihr einführte. Jons Kalwis war ein junger Mensch von fünfundzwanzig Jahren, benahm sich aber gesetzt wie ein Vierziger und hatte die zarte Gesichtsfarbe eines bleichsüchtigen Mädchens. Er trug den Kopf ein wenig gebückt und in die Schultern eingezogen; seine Bewegungen waren langsam, seine Sprache bedächtig, das Haar fiel ihm auf die Stirn. Wenn er aber die Augen unter der starkschattenden Knochenwölbung aufschlug, überraschte ein funkelndes Aufblitzen wie aus der Tiefe eines stillen Weihers. Er trug eine Jacke von feinstem blauen Tuch, mit vielen kleinen Knöpfen besetzt, ein gelbseidenes Tuch lose um den Hals geschlungen und tief über der Brust geknotet, Beinkleider von schwarzem Sammet und einen Hut mit schmaler Krämpe, weit aus der Stirn zurückgeschoben, wie die Stutzer unter den jungen wohlhabenderen Litauern; aber auf den ersten Blick mußte doch jeder sehen, daß seine Gedanken von diesen äußerlichen Dingen weit abgewandt waren. Daß er ein sehr hübscher Mensch sei, schien er selbst gar nicht zu wissen, mindestens nicht zu beachten.

Er erzählte, daß er über einige Tausend Taler zu verfügen habe und zusehen wolle, ob sich »etwas für ihn finde«. Es eile ihm aber damit nicht; er sei eigentlich kein Landwirt und am liebsten ungebunden und mit seinen Büchern beschäftigt. Kaufe er sich an, so müßte es mitten unter den Litauern geschehen. Er meine, seinen Landsleuten wohl noch in seiner Weise nützlich sein zu können.

Es war Sommerzeit, als er kam. Die Klete neben dem Hause stand zu dieser Zeit leer, da die Vorräte verbraucht waren. Schritt man von außen unter dem Laubendache einige Stufen hinauf, so kam man in ein ganz freundliches Stübchen mit gelben Holzwänden, das auch hell war, wenn die Tür offen stand. Urte stellte für Jons Kalwis dorthin ein Bett, einen kleinen Tisch und einen Stuhl und forderte ihn auf, solange zu bleiben, als es ihm gefiele. Das glaubte sie ihrer Verwandtschaft schuldig zu sein.

Die nächsten Tage sprach er wohl davon, daß er sich bald weiter in der Gegend umschauen wolle; dann aber nicht mehr. In seinem Stübchen war's kühl; schon früh gegen Mittag lag der Schatten des Vordaches über der Tür, dann konnte er auf der Treppe sitzen und dem Hühnervolk zusehen, das gegenüber am Hause entlang spazierte, den Boden aufkratzte oder sich unter dem Holunder ein schattiges Plätzchen gegen den Sonnenbrand suchte. Die weißen und blauen Tauben gurrten über ihm auf der Stange, die aus einer Luke des flachen Daches hinausgesteckt war. Wenige Schritte nur hatte er bis zum Gärtchen, in das die Klete mit drei Seiten hineingebaut war. Dicht neben der Lattentür stand ein Lindenbaum, dessen Blüten jetzt würzig dufteten. Weiter am Zaun entlang strebten weißstämmige Birken auf und ließen von oben her ihr zierliches Geäste mit den seinen, beweglichen Blättchen wie Vorhänge niederfallen. Hinter der Klete rankte an unregelmäßig gestellten Stangen Hopfen und faßte schon das Dach. Weiterhin standen einige Obstbäume, auf einem Beet neben dem Gange waren die Tulpen abgeblüht, aber Lilien, Mohn und Sonnenglanz knospten üppig. Ein Hinterpförtchen führte zum Bleichgarten, der sich sanft zum Bach absenkte. Mitten in denselben war eine Tonne gestellt und darüber von Ufer zu Ufer ein Brett gelegt. Auf der andern Seite setzte sich der Fußsteig nicht fort, aber es war über die freie Wiese nicht weit bis zum Kornfeld. Auf dem Rain blühten weiße Sternblumen und blaue Kornblumen, auch violette Glöckchen, und ein dichter Busch von Heckenrosen überragte sie alle. Jons Kalwis schien es ganz nach seinem Sinn zu finden, auf dem Bänkchen unter der Linde sitzend die Bienen zu beobachten, deren zwei Stöcke von Strohgeflecht nicht weit davon auf einem Gestell standen; oder dem Maulwurf aufzupassen, der quer über den Gang hin die Erde aufwühlte, oder abends auf der Bleiche neben der angepflockten Leinwand zu liegen, vielleicht auch einmal eine Gießkanne mit Wasser aus dem Bach zu füllen. In der Brusttasche seiner blauen Jacke hatte er ein Büchelchen stecken, in das schrieb er mitunter etwas mit Bleistift. Sonst tat er wenig, außer daß er einmal im Dorf herumspazierte, mit Kindern und alten Leuten sprach und die Weiden um den Brunnen oder die Storchnester auf den Dächern zählte. Das sagten ihm wenigstens die mutwilligen Mädchen nach, wenn er oft eine lange Weile auf demselben Fleck stand und ins Weite starrte. Sie rächten sich, weil er sie nicht beachtete.

Es zeigte sich bald, daß er zu den Frommen gehörte, die »Maldeningker« genannt werden. Am Sonntag ging er schon früh nach der eine halbe Stunde entfernten Kirche, ohne etwas gegessen zu haben. Während des Gottesdienstes kniete er fast ununterbrochen, sang die Lieder mit lauter Stimme und sah den Geistlichen bei der Predigt öfter mit lächelndem Gesicht an, wohl auch sanft den Kopf wiegend, als ob ihm etwas bedenklich erschiene. Bei einem alten Manne erkundigte er sich, ob man mit dem Pfarrer zufrieden sei und ob die Maldeningker Zusammenkünfte hätten. Der Alte antwortete, sie seien früher zahlreicher gewesen, als der Schmied Walendszus noch lebte, der zu den Erweckten gehörte. Es wären da wohl noch zwei Frauen, die mitunter vom Geist ergriffen würden; die eine davon trinke aber viel Branntwein, und die andere sei wiederholt wegen Beleidigung des Gendarms bestraft, so daß der Herr Pfarrer schon von der Kanzel vor ihnen gewarnt habe. Dieser sei ein recht guter Mann, lege aber das Wort Gottes manchmal sonderbar aus, rauche auch Tabak und spiele Karten, woran einige in der Gemeinde Ärgernis nähmen.

Jons Kalwis fastete auch mittags. Erst gegen Abend holte er das Versäumte nach, Urte schüttelte den Kopf dazu und meinte, es könne doch keine Sünde sein, sich Sonntags zu rechter Zeit satt zu essen. Seine Mutter hätte ihn so gewöhnt, entgegnete er; sie sei eine sehr kluge und fromme Frau gewesen und habe gesagt, wenn man Gottes Gast sei, müsse man sich leiblicher Speise enthalten. Bis Sonnenuntergang warte er aber nicht. Denn die Tage seien kurz und lang, und Gott könne unmöglich mehr Enthaltsamkeit im Sommer als im Winter verlangen, sei seine Meinung. Das begründete er mit großem Ernst, als ob es sich um eine sehr wichtige Sache handle.

Nach Ablauf einer Woche sagte er zu Urte, die sich abends zu ihm auf die Treppe vor der Klete gesetzt hatte und von grüner und roter Wolle einen Handschuh strickte: »Ich liege dir nun schon lange genug zur Last und möchte nicht warten, bis du mir mit spitzen Worten zu verstehen gibst, daß ich mich trotten könne. Es gefällt mir aber sehr gut hier, und wenn es auf meinen Wunsch ankäme, ginge ich sobald nicht fort, und vielleicht auch nie mehr. Deshalb will ich dir einen Vorschlag machen. Gib mir auch ferner Wohnung, Bett und Kost und bestimme dafür ein Wochengeld, das ich dir dann pünktlich zahlen will. Raum hast du ja, und deine Töpfe sind groß genug, daß daraus noch einer mitessen kann.«

Er sah sie dabei bittend an, und Urte, die das Strickzeug in den Schoß gelegt hatte, nahm es rasch wieder auf und setzte die Nadeln in Bewegung.

»Willst du in der Wirtschaft mitarbeiten?« fragte sie.

»Nicht als Knecht,« antwortete er, »sondern wenn es sich so fügt, daß ich an einer Stelle helfen kann und die Arbeit mir nicht zu schwer ist. Dann magst du mir dafür geben, was du andern gibst oder nach deinem Gutdünken auch gar nichts. Ich will meine Zeit frei haben.«

»Ich sehe nicht, daß du sie zu etwas gebrauchst«, sagte Urte lächelnd.

»Ich denke über vielerlei nach,« erwiderte er, den Kopf ein wenig aufrichtend, »und dazu muß ich ungestört sein. Wenn ich als ein Deutscher geboren wäre, hätte ich vielleicht ein Studierter werden können. Ich habe aber ein Litauer bleiben wollen. Die Litauer sind gewohnt, immer die Deutschen für sich denken zu lassen; darum kommen sie mehr und mehr zurück. Es ist gut, wenn auch einmal einer von ihnen nachdenkt und sie belehrt. Wir haben nicht viele Bücher wie die Deutschen, aber die Bibel ist auch für uns Litauer, und aus der kann man viel lernen. Die Geistlichen legen sie in vielem falsch aus, und das meiste, was darin steht, sagen sie uns gar nicht. Wer selbst lesen kann, der soll auch selbst denken, und wer selbst denkt, der soll's auch sagen, was ihm eingegeben ist. Derer sind freilich wenige; die aber sollen nicht fehlen.«

Madle stand an den Pfosten des Vordaches gelehnt und hörte ihm mit halb geöffnetem Munde zu. Das Garn, das sie wickeln sollte, hing ihr vom Arm herab, und der Knäuel lag auf dem Boden. Seine sanft hingehauchten Worte und der schwärmerische Ausdruck seines Gesichts fesselten sie sichtlich. Sie war ihm schon in den vorigen Tagen viel nachgegangen, immer heimlich und hinter den Hecken und Büschen. Er war nicht wie die andern. Er scherzte nicht mit ihr, neckte sie nicht, er beachtete sie nicht einmal sonderlich; wenn er sie aber einmal ansprach, war es ihr, als ob sie sich stramm aufrecht stellen und die Augen stillhalten müßte, daß sie nicht blinzelten. Was er ihr sagte, das erinnerte sie sich nicht, schon von einem andern gehört zu haben, so einfach es klang. Es ging ihr meist stundenlang im Kopf herum, und ihre Gedanken konnten doch damit nicht fertig werden. Einmal, als sie in der Verlegenheit Blätter abriß und zu Boden warf, hatte er ihre Hand fortgezogen und gesagt: »Du sollst den Namen deines Gottes nicht unnützlich führen, aber du sollst auch nicht die Werke deines Gottes unnützlich verderben.« Das fiel ihr seitdem stets ein, wenn sie eine Blume abpflücken wollte. Wozu sind aber die Blumen, wenn man sie nicht pflückt?

Nun war sie gespannt, wie ihre Mutter sich entscheiden würde. Und sie dachte im stillen: Die tut's nicht! Einen, der nicht arbeitet, kann sie nicht leiden. Bekomme ich selbst es nicht oft genug zu hören, daß ich träume? Trotzig hob sich die Lippe. Aber Madle täuschte sich diesmal. »Wenn du ein Kostgeld zahlst,« sagte die Endratene, »so magst du bleiben. Warum soll ich's einen von den Nachbarn verdienen lassen? Aber in meinem Hause darfst du keine Versammlungen halten. Die Leute bringen mir zuviel Schmutz in die Stube, und ich will auch vom Herrn Pfarrer keine Verdrießlichkeit haben, denn in diesem Herbst geht die Madle bei ihm zum Unterricht. Wir wollen nicht auf ferne Zeit abmachen, sondern solange es dir gefällt, bleibst du, und sobald ich andern Sinnes werde, sage ich dir auf. Bist du's zufrieden?«

Er reichte ihr die Hand. »Ich muß lachen,« sagte Urte, »was du für eine welche Haut hast. Selbst Madle hat nicht so weiche Hände, und die tut doch wenig genug.«

Das Mädchen steckte eiligst die Hände unter die Schürze und wurde blutrot im Gesicht.

Abends vor dem Schlafengehen küßte Madle ihre Mutter, was sonst nicht geschah. »Was willst du?« fragte Urte.

»Ich will nichts«, antwortete Madle und stieg ins Bett.

Nach einer Weile richtete sie sich wieder auf. »Wo wird aber Jons Kalwis im Winter schlafen?« fragte sie.

»Das laß deine Sorge nicht sein«, meinte Urte. »Wer weiß, ob er dann noch hier ist.«

»Ja – wer weiß?«

»Du kannst bei ihm lernen, damit du beim Herrn Pfarrer besser bestehst. Ich will's ihm sagen.«

Madle warf sich auf die andere Seite. »Ich bin ganz dumm,« sagte sie, »für so einen ganz dumm. Sag's ihm lieber nicht.« –

Am nächsten Tage schrieb Kalwis einen Brief. Madle holte für ihn Papier und Tinte aus dem Kramladen. Tinte war noch nie im Hause gewesen; nun ließ er sich gleich einen Vorrat kommen. Wie kann ein Mensch die ganze Flasche ausschreiben? dachte sie. Aber sie freute sich darüber, denn nun müsse er doch recht lange bleiben. Nach kurzer Zeit kam eine Holzkiste für ihn an. Sie war neugierig, was darin sein möchte und blieb halb hinter der Treppe versteckt stehen, bis er sie öffnete. Unter Kleidern und Wäsche lagen Bücher, die Deckel sorgsam in Papier eingeschlagen. Er rief sie herein, öffnete eine litauische Bibel und ließ sie einige Verse lesen. Sie stotterte anfangs vor Verlegenheit. »Was ist das für ein kleines Buch?« fragte sie und wies darauf.

»Darin sind viele von unsern Dainos gedruckt«, belehrte er sie. »Links stehen sie litauisch und rechts deutsch. Der Pfarrer Rhesa hat sie gesammelt. Der ist nun schon sehr lange tot, und wenn er die Lieder nicht aufgeschrieben hätte, wären viele vielleicht schon vergessen.«

Er schlug das Büchelchen auf und zeigte ihr's. »Das da ist lustig«, sagte er. »Zwirblytes« war die Seite links überschrieben, und rechts stand: »Der Sperling.« Der Vater geht mit dem Gewehr auf die Jagd, lauernd auf Wild. Er schießt – einen Sperling. Den fahren die Brüder auf einem Schlitten heim, die Schwestern pflücken ihn ab und tragen ihn auf, nachdem ihn die Mutter gebraten.

> Es setzten sich die Gäste, sie setzten sich fest.
> Verzehrten den Sperling, verschmausten ihn.
> Indem sie den Sperling so schmausend verzehrten,
> Ausleerten sie fröhlich zwei Fässer mit Alus.

»Das ist ein dummes Lied«, rief Madle. »Wie kann der kleine Sperling für so viele Gäste ausreichen?«

»Man soll auch nicht denken, daß es wirklich einmal so geschehen ist«, entgegnete er, »oder daß es so geschehen kann. Aber bei uns Litauern geschieht's doch so, und das ist unser Verderb: den kleinsten Vorwand ergreifen wir, um unmäßig zu trinken. So klingen die Worte wohl spaßhaft, aber sie sind ganz ernst gemeint.«

Sie hörte ihm aufmerksam zu, die Augen groß geöffnet und die kleinen, scharfen Zähne auf die Unterlippe gesetzt. Als er geendet hatte, blickte sie noch einmal rasch und ängstlich über die Seite hin und sagte: »Es ist doch kein dummes Lied.«

Er hatte noch mehr Bücher. Sie wurden alle auf ein Brett über dem Bett gestellt. Madle wischte an jedem Morgen, wenn sie das Stübchen ausfegte, sorgfältig den Staub von denselben. Oft, wenn sie an der halb offenen Tür vorbei nach dem Garten oder der Bleiche ging, sah sie Kalwis hinter dem Tisch sitzen und in der Bibel lesen. Gewöhnlich hatte er auch dann die Feder in der Hand, schrieb von Zeit zu Zeit etwas auf ein Blatt oder in sein Taschentuch. Glaubte sie sich unbemerkt, so versteckte sie sich hinter der großen Wassertonne und sah ihm unverwandt zu. Es war ihr offenbar eine ganz wunderbare Erscheinung, daß einer nur immer las und schrieb und nachdachte. Sie wußte es so einzurichten, daß sie ihm begegnen mußte, wenn er im Garten auf und ab ging, öfter rief er sie dann freundlich an, faßte sie bei der Hand und nahm sie mit sich. Immer brachte er das Gespräch gleich auf einen ernsten Gegenstand, fragte, was sie in der Schule gelernt hätte und gab dazu seine eigene Erklärung, die freilich meist nicht leicht zu verstehen war. Als Madle zum Pfarrer in die Lehre ging, paßte er noch mehr auf. Es schien ihm, daß der Pfarrer auf die Wunder nicht genügendes Gewicht legte. Mitunter zerbrach er sich den Kopf über gar seltsame Dinge, zum Beispiel: was für eine Art Flügel die Engel hätten, und ob nur die Geister der verstorbenen Kinder beflügelt wären, oder auch die der Erwachsenen, und ob im Paradiese nicht nur Blumen blühten, sondern auch Früchte reiften, obschon die seligen Geister keiner leiblichen Nahrung bedürften. Er meinte, in der Bibel müßte man auf alle Fragen Antwort finden.

Madle hörte ihm immer staunend zu. Alles, was aus seinem Munde kam, klang ihr wie eine Offenbarung. Sie mußte laut aus seinen Büchern vorlesen. »Du machst mir das Kind gar zu gelehrt«, schalt Urte. »Sieh nur, wie Madle den Kopf hängt, als ob er ihr viel zu schwer sei und immer mit wachen Augen träumt. Kein Pfund Fleisch hat sie auf dem Leibe. Die Nachbarn müssen glauben, ich lasse sie hungern, aber man kann's ihr doch mit Schlägen nicht eintreiben. Rede ihr zu, daß sie tüchtig ißt und trinkt, sonst wird sie von allen Einsegnungskindern am schlechtesten aussehen.«

Freilich war Madle spindeldürr und hielt sich nicht einmal gerade. An den langen Armen standen die Ellenbogen weit vor, und die knochigen Schultern zogen sich nach der engen Brust hin zusammen. Ihr Gesicht war mager und bleich, die Nase zu spitz, der Mund zu groß. Neben ihrer Mutter durfte sie sich gar nicht sehen lassen. An der war alles fest und voll Wohlgestalt. Madle ging auch nicht gern neben ihr über die Dorfstraße.

Übrigens war Frau Urte mit ihrem Kostgänger sehr zufrieden. Jons hatte in allem Wort gehalten. Er ging nicht ins Wirtshaus, trank auch zu Hause keinen Branntwein, lief den Mägden nicht nach und benahm sich immer gegen die Wirtin ehrerbietig. Urte machte sich aus seinen Grübeleien und nachdenklichen Betrachtungen wenig, sagte wohl auch einmal gerade heraus, daß sie es für Torheit hielte, die Gedanken auf so etwas zu richten. Aber es war ihr doch allemal lieb, ihn von andern loben zu hören, daß er ein ganz besonderer Mensch sei. Ganz unmerklich gewöhnte sie sich so an ihn, daß ihr schon etwas fehlte, wenn er einmal über Mittag ausblieb oder abends aus einer Versammlung erst spät nach Hause kam. Recht mütterlich nahm sie sich seiner an, wo er weiblicher Hilfe bedurfte. Seine Wäsche fand er immer aufs sauberste besorgt, und ehe er selbst noch bemerkte, daß an seinen Kleidern eine Naht aufgetrennt oder ein Loch eingerissen war, hatte sie den Schaden schon beseitigt. Wenn er in seinen Büchern studierte, durfte in der Nähe der Klete kein lautes Wort gesprochen werden; griff er bei der Feldarbeit mit an, so suchte sie ihm das leichteste Geschäft aus. Jons Kalwis war der einzige Mensch, mit dem sie sich auf die Dauer gut vertragen konnte. Wenn sonst einer seine Hände so geschont und sich in allem Praktischen so unselbständig bewiesen hätte, würde sie ihn über die Achseln angesehen haben; Kalwis aber war ein »Gelehrter«. So einer durfte in allem eine Ausnahme machen, und man mußte Respekt vor ihm haben.

Als im Herbst die Tage kurz und kühl wurden, hielt Kalwis sich viel in der Stube auf, die der große Kachelofen angenehm durchwärmte. In der Klete stand wohl noch sein Bett und sein kleiner Tisch, aber der Raum rundum wurde immer mehr verengt durch die sich anhäufenden Wintervorräte. Die Endratene hatte schon auf den Boden gebracht, was sich irgend dort unterbringen ließ: gegen einen andern hätte sie sicher nicht soviel Rücksicht genommen. Zu unbequem aber durfte sie sich die Wirtschaft nicht machen.

Es wurde ihr offenbar nicht leicht, an eine Änderung dieses freundlichen Verhältnisses zu denken. Aber wie ließ es sich auf die Dauer erhalten?

Eines Tages, gegen Ende Oktober, als der erste Schnee fiel und sie am Webstuhl arbeitete, während Jons Kalwis nicht weit von ihr auf der Bank am Fenster saß und m einem litauischen Blatte las, hielt sie das Weberschiffchen an, obschon die Fäden sich nicht verknotet hatten, wandte das Gesicht gegen das Fenster und sagte: »Wir bekommen in diesem Jahr einen frühen Winter.«

»Es fällt manchmal schon im September Schnee,« antwortete er, »aber er schmilzt bald.«

»Weil dann noch nicht seine Zeit ist«, meinte sie. »Die Krähen kommen auch schon in Scharen aus den Wäldern, und die Gänse, die ich zum Räuchern geschlachtet habe, hatten weiße Brustknochen.«

Gegen diese Zeichen war nichts zu erinnern. Er schwieg deshalb und sah zum Fenster hinaus, wie die großen Flocken sich langsam vorübersenkten und auf der Dornhecke liegenblieben. Auch Urte schwieg eine Weile, setzte aber ihre Arbeit nicht fort, sondern drehte die Spule im Weberschiffchen mit spielender Hand. »Du wirst in der Klete nicht mehr lange schlafen können, Jons«, sagte sie dann. Es klang, als ob sie etwas ganz Selbstverständliches sagte.

Er wendete sich schnell zurück und sah sie einen Augenblick wie überrascht an. »Es friert ja noch nicht so stark«, meinte er.

»Ich kann auch die Klete nicht länger entbehren«, fuhr sie fort. »Hier im Hause aber habe ich keine Stelle für dich. Die Kammer für den Knecht reicht nicht für zwei aus, und es könnte dir da auch nicht gefallen, wie du bist. Suche dir also eine andere Wohnung.«

»Du kündigst mir?«

»Es kann nicht anders sein.«

Kalwis legte das Blatt fort und stand auf. »Ich habe gar nicht mehr daran gedacht«, sagte er, stellte sich wieder mit dem Gesicht gegen das Fenster und sah dem Spiel der Schneeflocken zu, die jetzt vom Winde umgewirbelt wurden. Hinter sich hörte er nun wieder das Knarren und Klappern des Webstuhls. Urte schien das Versäumte einbringen zu wollen.

Vielleicht eine Viertelstunde ging so hin. Endlich trat er hinter die Frau und legte die Hand auf ihre Schulter. Sie zuckte ein wenig, setzte aber die Arbeit fort. »Willst du hören, was ich dir zu sagen habe?« fragte er.

»Warum nicht?« antwortete sie. »Hören soll man alles.« Sie legte das Schiffchen aufs Garn.

»Ich habe mir's überlegt,« sagte er mit großer Ruhe, »es ist für mich am besten, wenn ich heirate.«

Er konnte nicht bemerken, daß Urte die Augenbrauen aufzog und die Lippen zusammenkniff.

»Ich brauche eine Frau,« fuhr er fort, »die für mich sorgt und es in allem gut mit mir meint. Wenn ich hier hätte bleiben können, wär's so eilig gerade nicht gewesen. Aber was soll ich unter Fremden anfangen? Und für so einen, der nicht die bestimmte Arbeit übernimmt, ist auch nirgends Platz.«

»Du bist auch in den Jahren«, sagte Urte und beugte sich über den Baum, als ob sie das Gewebe näher in Augenschein nehmen müßte. »Aber was meinst du für eine Frau zu bekommen, wenn du Losmann bist? Deine Zinsen reichen nicht so weit, daß du davon mit Weib und Kind leben kannst.«

»Das ist richtig.«

»Willst du also ein Grundstück kaufen?«

»Das tät ich nicht gern. Ich verstehe nicht zu wirtschaften.«

»Deine Frau könnt's aber verstehen. Es gibt Wirtstöchter genug, die dich nicht abweisen möchten.«

»Ob sie aber für mich passen ...«

»Für solche Leute, wie du bist, ist's immer ein Wagnis.«

»Sonst wohl«, sagte er verlegen lächelnd; »aber wenn die Frau ...« Und nach kurzem Zögern: »Ich weiß eine Frau, die ganz für mich paßt, aber ich weiß nicht, ob sie mich nehmen möchte.«

Urte sah sich überrascht um. »So weit bist du schon?« fragte sie. »Hast wohl gar schon einen Freiersmann geworben?«

»Ich bin mein eigener Freiersmann«, antwortete er, um die Bank, auf der sie saß, herumtretend und sich an den Pfosten des Webstuhls lehnend. »Wenn ich kein Glück habe, so soll's auch kein anderer wissen, als ich und die Frau, die mich nicht mag. Du bist die Frau, Urte, die ich im Sinn habe.«

Sie schlug eine helle Lache auf. »Ich bin's? Um mich willst du freien? Das ist närrisch!«

Jons blieb ganz ruhig. Kaum rückte die Schulter ein wenig am Pfosten. »Weshalb nennst du das närrisch?« fragte er.

»Ich bin zehn Jahre älter als du«, sagte sie, noch immer lachend.

»Aber du bist nicht zu alt.«

»So bist du zu jung.«

»Auf die Jahre kommt's wenig an, Urte.«

»Warte noch drei oder vier Jahre, so kannst du meine Tochter heiraten.«

»Deine Tochter wär' keine Frau für mich, Urte.«

»Warum nicht? Sie wird einmal das Grundstück haben.«

»Das lass ich ihr gern.«

»Du brauchst dir auch nicht eine Witwe auszusuchen, Jons.«

»Du bist mir aber gerade recht«, versicherte er. »Ich kenne mich gut genug, und so unerfahren bin ich nicht, daß ich nicht weiß, was eine junge Frau von ihrem Mann fordert, und was sie ihm leistet. Ich brauche eine gesetzte und verständige Frau, die selbständig ist und in der Wirtschaft alles für mich bedenkt und nicht viel fragt, sondern schafft. Für andere mag etwas anderes besser sein. Ich aber muß eine Frau haben, die ihren eigenen starken Willen hat, das Haus in Ordnung hält und mit den Leuten zu verkehren weiß, wie es auch zu meinem Vorteil ist. Nun hab' ich aber die ganze Zeit gesehen, daß du eine solche Frau bist. Und hast mich auch immer gut und freundlich behandelt und wohl gelitten. Als Losmann kann ich nicht bleiben. Aber wenn du mich heiratest, so ist da kein Hindernis mehr. Was ich dir einbringe, weißt du. Es mag auch verschrieben werden, daß Madle das Grundstück erhält. Ich habe das Kind lieb und will ihm wahrlich kein Unrecht tun. Darum weiß ich nicht, was du dagegen haben kannst, wenn ich dir sonst nicht zuwider bin.«

Urte musterte die schlanke Gestalt und das feine Gesicht mit wohlgefälligen Blicken. Sie lachte schon lange nicht mehr. »Du bist mir nicht zuwider,« entgegnete sie, »aber, ich will nicht heiraten – es taugt nicht für mich. Hätt' ich's wollen, ich hätt' auf dich nicht zu warten brauchen.«

»Das weiß ich wohl,« sagte er, »aber bedenke auch, daß sich in einigen Jahren viel geändert haben kann. Jetzt ist Madle noch ein Kind; aber wie lange dauert's, dann wird sie geheiratet haben, und du bist dann ganz einsam auf der Welt. Tust du mir Gutes, so hast du auch wieder Gutes von mir zu erwarten. Weise mich also nicht ab.«

Urte schaute nachdenklich in ihren Schoß hinab. Ihre Brust hob und senkte sich beweglicher. Das Blut stieg ihr in die Wangen, und der Fuß setzte sich unwillkürlich auf den Trittbalken, so daß sich die Geschirre am Webstuhl knarrend verschoben. Nicht ganz leicht schien es ihr, einen Entschluß zu fassen, und es klang nicht durchaus entschlossen, als sie ihm dann zurief: »Schlag' dir's aus dem Sinn, Jons, es ist Torheit. Ich will nicht heiraten.«

Sie streckte dabei die Hand aus und schob ihn fort. Aber er gab nicht willig nach, sondern ergriff ihren Arm am Gelenk und hielt ihn fest. Das wollte sie nun wieder nicht leiden, und so entstand ein leichtes Ringen, das beide mit Lachen begleiteten. Urte brauchte wohl nicht ihre volle Kraft, sonst hätte sie schnell obgesiegt. Plötzlich ließ er sie aber los. Denn gerade jetzt öffnete sich die Tür vom Flur her, und Madle trat ein. Sie kam vom Pfarrer und war ganz weiß eingeschneit. Erschreckt blieb sie stehen und starrte auf die beiden wie auf eine ganz wundersame Erscheinung hin. War das ihre Mutter – war das Jons Kalwis? Ihr schmales Gesicht wurde so weiß wie der Schnee auf ihrem Kopftuch. Aber die Augen flammten fast zornig. Jons war schon lange ans Fenster getreten, um das Blatt wieder aufzunehmen, als sie noch immer unbeweglich stand.

Urte sah nach ihr um. Sie merkte wohl, daß Madle überrascht war und sich den Vorgang nicht reimen konnte. Es widerstand aber ihrer stolzen Art, mit irgendeinem Scherzwort darüber hinzugehen, das wie eine Entschuldigung hatte klingen können. Was brauchte sie sich bei dem Kinde zu entschuldigen? Sie sagte daher nur mit rauher Stimme: »Was bringst du all den Schnee in die Stube, Madle? Du hattest dich wohl auch draußen abklopfen können.« Dann griff sie nach dem Webeschiffchen, schlug den Faden fest an und war gleich wieder eifrig bei der Arbeit. Als sie nach einer Weile aufstand, um nach dem Mittagessen zu sehen, hatte niemand an ihr das geringste Auffällige bemerken können. Sie war, wie sie immer war.

Madle aber hielt sich den ganzen Nachmittag über scheu in der Ecke. Ihrer Mutter antwortete sie unfreundlich, und Kalwis kehrte sie den Rücken zu, wenn er sie ansprach. Eigensinnig weigerte sie sich, mit ihm in der Bibel zu lesen oder ihm zu berichten, was der Pfarrer heute vorgebracht hatte. Als er sie, wie er sonst öfter im scherzhaften Verkehr tat, bei den Schultern faßte, wehrte sie ihn unartig ab. »Was fehlt dir denn heute, Kind?« fragte er, wirklich verwundert. »Nichts – gar nichts«, sagte sie trotzig. »Es soll mich keiner behandeln wie ein Kind.« Er lachte sie gutmütig aus.

Am folgenden Tage und am nächsten beobachtete Madle mit lauerndem Blick ihre Mutter und Kalwis. Wußte sie die beiden allein, so klinkte sie ganz plötzlich und mit Geräusch die Tür auf, sah in die Stube und zog sich gleich wieder zurück. Ein andermal, wenn die Tür offen stand, schlich sie auf den Zehen herein und hinter den Ofen oder das große Himmelbett mit dem blau gestrichenen Aufsatz und den rotbunten Vorhängen. Es war eine merkwürdige Unruhe m ihr. Allerhand Arbeit nahm sie auf, um sie gleich wieder beiseitezuwerfen. Dem Hund kniff sie die Ohren und trat sie die Pfoten, daß er heulend ein Versteck suchte. »Warum quälst du das Tier?« fragte Kalwis mit sanftem Vorwurf. »Weil ich's nicht leiden kann«, antwortete sie bitter. »Ich kann auch manchen andern nicht leiden.«

Jons fand doch noch Gelegenheit, mit Urte wiederholt unter vier Augen zu sprechen, und immer brachte er das Gespräch gleich wieder auf seinen Antrag. Ihr Widerspruch wurde immer kleinlauter; sie ließ sich schon darauf ein, das einzelne zu erwägen, das sich würde verändern müssen, scherzte über ihre Stirnrunzeln und wurde rot, wenn er sie eine hübsche Frau nannte. Am nächsten Sonntag fuhren sie zusammen nach der Kirche; dabei mochte denn wohl das letzte Wort gesprochen sein. Beim Mittagessen verhielten sie sich schweigend, und gegen Abend wurde eine Tonne Bier aufgelegt, Knecht und Magd ausgeschickt, um die Nachbarn zu einem Schmause einzuladen. Das war etwas ganz Seltsames, und keiner blieb aus. Die Endratene stellte Jons Kalwis als ihren künftigen Mann vor. Darüber war wohl nicht viel Verwunderns. Natürlich konnte Kalwis keine bessere Frau bekommen und Urte keinen besseren Mann. Das Bier schmeckte sehr gut, und man ruhte nicht eher, bis zu Ehren des Brautpaares auch der letzte Krug ausgezapft war.

In diesem Trubel und Jubel wurde kaum bemerkt, daß Madle fehlte. Wer sich um sie kümmerte, meinte, daß sie in eine Kammer schlafen gegangen sei. Sie war aber nicht schlafen gegangen, sondern trieb sich, trotz des eisigen Herbstwetters, auf der Landstraße umher. Urte hatte, ehe noch die Gäste kamen, ihr die große Neuigkeit einzuschmeicheln gesucht. Madle war gleich aus der Stube hinausgestürmt. Sie lief wie eine wilde Katze durch den Garten, über die Bleiche, über den Steg, über das Stoppelfeld in den Wald hinein. Dort erst merkte sie, daß ihr der Hofhund gefolgt war. Sie trieb ihn mit Scheltworten zurück, aber er war diesmal ungehorsam und zeigte ihr immer wieder in kurzer Entfernung seine leuchtenden Augen. Nun rief sie ihn an, legte den Arm um seinen Hals, küßte ihn zärtlich und weinte schluchzend, indem sie ihr heißes Gesicht in sein feuchtkaltes Zottelhaar drückte. Er schien nicht daraus klug zu werden, lief wie toll im Kreise umher und wühlte bellend das gelbe Laub auf, daß es hinter ihm gegen die Baumäste spritzte, auf denen der Schnee liegengeblieben war und nun gespenstisch flimmerte. Madle hielt's nicht lange im Walde aus. Ihre Phantasie fing zu arbeiten an. Eine Steineiche stand noch mit grünem Blätterschmuck da. Ihr kam eine Daina nicht aus dem Sinn, in der ein verwaister Knabe den Eichbaum umfaßt und ihn flehentlich bittet, sich in seinen Vater zu verwandeln.

> Werden diese grünen Äste
> Nicht zu weißen Händen werden?
> Diese grünen Blätter
> Nicht zu Worten der Liebe?
>
> Ach, ich Armer ging von hinnen,
> Weinte bittre Tränen.
> Nicht verwandelte der Eichbaum
> Sich in meinen Vater.
>
> Nicht die grünen Äste
> Sich in weiße Hände,
> Nicht die grünen Blätter
> Sich in Worte der Liebe.

Wie sie die schwermütige Melodie hinsummte, fiel ihr Auge auf etwas Dunkles am Boden und einen roten Schimmer mitten darauf. Steine lagen da, bedeckt mit Herbstlaub. Ihr fiel aber ein, daß ihr Vater so auf dem Schlachtfeld gelegen haben mochte, blutend aus der Brustwunde. Der Hund sprang darüber hin, und sie schrie auf. Das Echo antwortete. Sie eilte fort wie gehetzt, bis sie wieder auf freiem Felde war. In der Ferne sah sie Licht hinter den Fenstern des Vaterhauses. Sie lief in entgegengesetzter Richtung weiter, auf der Landstraße bis zum Kirchdorf. Dicht an der Kirchhofsmauer stand ein gekreuzigter Christus. Da kniete sie nieder und betete und weinte wieder. Sie wußte nicht, was ihr fehlte, aber es lag ihr wie ein Stein auf der Brust und stach wie mit Nadeln in ihr Herz. Hätte sie nur sterben können! Sie sprach heidnische Beschwörungsformeln, da das Gebet nicht half. Als sie aber aufsah gegen das Kreuz, das sich schwarz in den grauen Nachthimmel einzeichnete, nickte der Christuskopf ihr zu, und es war Jons Kalwis, der ihr zunickte. Entsetzt raffte sie sich auf und stürzte fort. Um Mitternacht kam sie nach Hause zurück. In der großen Stube hörte sie lachen und singen. Sie schlich in das Stübchen der Altsitzer und warf sich auf der Großmutter Bett, wühlte sich in die Kissen ein und steckte die Finger in die Ohren. Ganz erschöpft schlief sie endlich ein.

Am andern Tage war sie krank, ernstlich krank. Sie wollte sich nicht in die Stube der Mutter bringen lassen; die Großeltern mußten sie bei sich behalten. Sie hatten gestern lustig mitgetrunken, heute aber schimpften sie auf die Urte, weil sie wieder heirate. »Du armes Kind,« hieß es, »du arme Waise, sollst nun einen Stiefvater haben. Deine Mutter wird dich vergessen über ihrem jungen Mann, und dein Erbe behüten die Füchse.« Madle sagte: »Mag sie ihn heiraten, mein Vater wird er doch nicht. Mein Vater ist tot, ich will keinen andern Vater. Nie werd' ich ihn anerkennen als meinen Vater.« Die Großmutter streichelte sie. »So ist's recht, mein Täubchen, widersetze dich, erhebe ein großes Geschrei gegen die Rabenmutter, vielleicht steht sie noch ab von der Heirat. Wer hätte das vor einem Jahre gedacht!« Wenn Urte kam, drehte Madle den Kopf nach der Wand. Sie versuchte ihr vernünftig zuzureden, aber Madle schrie wie besessen und hielt sich die Ohren zu. Als Jons an ihrem Bett erschien, fiel sie in ein krampfhaftes Zittern. Und dann fing sie an zu phantasieren, Sprüche aufzusagen und Dainos zu singen. So ging es die ganze Nacht und den folgenden Tag und auch den dritten.

Der Arzt wurde geholt. Es dauerte ein paar Wochen, bis er sie außer Lebensgefahr erklären konnte. Und dann erholte sie sich langsam, ganz langsam. Sie war abgemagert wie ein Skelett und hielt sich nur mit Mühe auf den Füßen. Sich von den Großeltern zu trennen, konnte sie auch jetzt nicht vermocht werden. Mit ihrer Mutter sprach sie kein Wort.

Urte gehörte nicht zu den Geduldigen, die immer wieder mit Sanftmut und Güte eine Verständigung suchen. »Gut denn!« sagte sie. »Mag sie doch wissen, daß ich sie nicht zu fragen oder gar um Erlaubnis zu bitten habe. Ein rechtes dummes Kind ist sie, eine Törin, der man Ernst zeigen muß, damit sie wieder zu Verstand kommt. Ich bin der Närrin genug nachgelaufen, jetzt will ich abwarten, bis sie sich zu mir findet.«

Sie handelte auch danach. Jons riet, die Hochzeit aufzuschieben, bis Madle ganz gesund geworden sei, aber Urte wollte davon nichts wissen. »Wenn sie sieht, daß ihr Eigensinn mich nicht zwingt, wird sie gesund werden«, meinte sie. Seit sie sich entschlossen hatte, Jons das Jawort zu geben, war sie ganz verwandelt. Ihre Augen konnten sich nicht satt an ihm sehen, und wenn er sie an die Brust drückte und küßte, fühlte sie ihr Blut aufwallen. Sie putzte sich für ihn, sie steckte Ringe an ihre braunen Finger, sie strich vor dem kleinen Wandspiegel die Falten aus ihrer Stirn, sie zeigte ihm immer das freundlichste Gesicht. Nicht eilig genug schien sie nun ein Ziel erreichen zu können, dem sie bis dahin geflissentlich aus dem Wege gegangen war. So bestellte sie denn das Aufgebot, sobald für Madle die äußerste Gefahr beseitigt war. Die Hochzeit mochte still gefeiert werden.

Sie wußte, daß sie mit ihrer Tochter gerichtlich Teilung zu halten hätte, wenn sie sich wieder verheiratete. Der Großvater wurde Vormund. In erster Linie stand dabei das Grundstück. Es war nie von etwas anderm die Rede gewesen, als daß Madle es haben solle. Sie hätte es ihr jetzt verschreiben lassen können, aber sie fand, daß die Umstände sich geändert hätten. Besser sei es jetzt, sie nehme selbst das Grundstück zu einer mäßigen Taxe auf ihre Hälfte an und finde die Erbin ab. Das erlaubte ihr das Gesetz. Der alte Endratis war erzürnt über diese Wahl, nannte sie eine Wortbrüchige, hetzte das Kind gegen sie auf. »So wirst du um deines Vaters Erbe gebracht! Und dem Scheinheiligen zuliebe geschieht's, weil er jung und hübsch ist. Der soll alles haben!« Es gab auf dem Gericht und im Hause Zank. Kalwis riet zur Nachgiebigkeit: Gott wisse, daß er sich um weltlich Gut wenig kümmere. Aber Urte wollte sich nun nichts abzwingen, von ihrem Recht nicht einen Zoll abdrängen lassen. Madle sei und bleibe ihr Kind und solle das schon noch erfahren.

Das Grundstück blieb in ihrer Hand. Kurz vor Weihnachten fand die Trauung statt. In der Kirche und an der Hochzeitstafel fehlten die Altsitzer, die der jungen Frau nun spinnefeind waren, und auch Madle ließ sich nicht blicken.

Die hielt sich auch ferner zu den Großeltern, Urte war's anfangs gar nicht unlieb. In einigen Monaten, sagte sie, werde von selbst wieder alles ins gleiche kommen. Aber darin irrte sie. Nun drang sie auch mit Gewalt nicht durch, Madle blieb verstockt und antwortete auf alle harten Worte nur gerade soviel sie mußte. Das ärgerte Urte mehr, als sie's wahr haben wollte. »Das tückische Ding!« klagte sie Jons. »Ein Wunder ist's freilich nicht, wenn sie solchen Rückhalt hat.« Er sprach in seiner milden Weise immer zum Guten. »Ich hätte nicht gedacht,« meinte er, »daß ich ihr so zuwider sei.«

Bald nach Pfingsten wurde Madle eingesegnet. Groß genug war sie für ihr Alter, aber sie wußte nicht recht, was sie mit ihren Gliedmaßen anfangen sollte. Sie sah immer schläfrig aus und war ebenso träge zur Arbeit als zum Vergnügen. Auf sie paßte nicht, was die Daina von einem flinken und fleißigen Mädchen rühmt:

> Als sie ging zum Tanz,
> Richtete sie den Webstuhl;
> Als sie kam vom Tanz,
> Wob sie die Linnen.

Wenn niemand zu Hause war, schlich sie wohl in die große Stube, nahm eins von Kalwis' Büchern vom Brett, versteckte sich im Garten und las heimlich darin. Einmal ertappte sie Urte dabei.

»Hast du den Vater gefragt, ob du sein Buch nehmen kannst?« erkundigte sie sich.

»Ich habe keinen Vater,« antwortete Madle, »und von deinem Mann erbitt' ich mir nichts.« Sie ging auch sofort und stellte das Buch zurück.

Urte sah's so den Sommer über mit an. Einige Wochen vor Martini aber ging sie in die Altsitzerstube, wo die Großmutter krank lag, und sagte zu Madle, die an ihrem Bette saß: »So kann's und soll's nicht weiter! Ich leid's nicht länger, daß die Tochter nicht bei der Mutter ist, wohin sie gehört, und will auch nicht täglich mit der Trotzigen Ärger haben. So gibt es also nur zweierlei: entweder du kommst zu uns und tust gegen Vater und Mutter deine Schuldigkeit, oder – du gehst aus dem Hause. Überleg's nun und sage mir nach drei Tagen Bescheid, woran ich bin.«

»Da brauch' ich keine Zeit zum Überlegen«, antwortete Madle flammenrot. »Darf ich hier nicht bleiben, so geh' ich aus dem Hause, lieber heute als morgen. Ich hätte dir's schon angeboten, aber ich dachte, du wärst zu stolz, mich in fremden Dienst gehen zu lassen.«

»Sage dann aber nicht, daß ich dich vertrieben habe,« eiferte die Frau, »und klage auch nicht, wenn dir's draußen nicht gefällt. Mit einem so schwächlichen Ding wird keiner zufrieden sein.«

»Auf dem Lande will ich's auch nicht versuchen«, erklärte Madle. »Ich will nach der Stadt gehen und mich bei einer deutschen Herrschaft für die Stube vermieten. Dazu reicht meine Kraft aus.«

Urte fragte gleichwohl nach drei Tagen nochmals an. Der Großvater hatte abgeredet. »Wenn du aus dem Hause gehst,« hatte er gesagt, »so mußt du deine Zinsen haben; du brauchst nicht wie eine Magd zu arbeiten, während deine Mutter sich's hier auf deinem väterlichen Grundstück wohl sein läßt und noch einen faulen Mann füttert.« Aber sie war fest geblieben. So brachte er denn eines Tages seine Enkelin nach der Stadt. Der Abschied schien ihr nicht schwer zu werden.

Kalwis war gar nicht damit einverstanden gewesen, daß seine Frau so kurzen Prozeß machte; er hoffte noch immer, Madle werde vernünftig werden. Aber seine Stimme galt in häuslichen Angelegenheiten nicht viel. Wollte er einmal widersprechen, so sagte sie:

»Lies du nur in deinen Büchern, da wirst du gut Bescheid wissen; von den irdischen Dingen verstehst du doch wenig.« Nur wenn sie einmal in ihrer Meinung bestärkt sein wollte, fragte sie bei ihm an und legte ihm halb und halb in den Mund, wie er antworten sollte.

Es war überhaupt in allem das umgekehrte Verhältnis zwischen Mann und Frau. Urte blieb der Herr im Hause, aber auch in Scheune und Stall. Sie wirtschaftete, sie schloß Geschäfte ab, sie kommandierte die Dienstleute, sie bestimmte sogar ohne Widerspruch, welche Aushilfe etwa Jons zu leisten hätte. Er machte nicht einmal den Versuch, ihr Regiment einzuschränken. Wie er sich ihr geschildert hatte, so war er wirklich. Deshalb durfte er aber nicht fürchten, von seiner Frau übersehen zu werden. Sie behandelte ihn fast wie ein höheres Wesen, das die zärtlichste Verehrung beanspruchen darf. Von allen ihren rauhen Seiten kehrte sie keine gegen ihn vor. Mehr und mehr empfand sie eine leidenschaftliche Neigung für ihn. »Die Kalwene ist ganz närrisch verliebt in ihren jungen Mann«, hieß es im Dorf.

Jons war für die körperlichen Reize seiner Frau nicht blind. Stand sie doch immer erst in der Mitte der Dreißig und nahm's an Stattlichkeit der Erscheinung und Frische der Farben mit mancher viel Jüngeren auf. Aber es war nun einmal so seine Art, lieber in die Wolken zu gucken, als sich auf der Erde umzusehen, und so kümmerte er sich auch um seine hübsche Frau nicht gerade mehr, als er sich wahrscheinlich um eine weniger hübsche bekümmert hätte. Er war ihr dankbar für alle die Annehmlichkeiten und Bequemlichkeiten des Lebens, die er nicht umsonst von seiner Verheiratung mit ihr erhofft hatte, aber mehr schien er auch nicht zu brauchen, um sich als Ehemann ganz glücklich zu fühlen. Daß er ihr gut sei, verstand sich ganz von selbst. Sie war ja seine Frau!

Eifriger als je studierte er in seinen Büchern. So beschäftigt war er oft mit seinen Gedanken, daß er nicht sah und hörte, was um ihn vorging. Er wurde nun Surinkimniker, das heißt Stundenhalter, und seine fromme Zuhörerschaft wuchs von Tag zu Tag. Es zeigte sich da wieder, wie vielen Litauern, namentlich Frauen, der sonntägliche Gottesdienst in seinen üblichen Formen keine ausreichende Befriedigung gewährte. Die Predigt des Pfarrers erschien ihnen zu nüchtern, seine Belehrung, wenn sie ihn in der Wohnung aufsuchten, zu hochmütig. Auf das Geheimnis in der Religion legte er zu wenig Gewicht, das Wunder erklärte er immer nicht wunderbar genug. Er sprach zwar Litauisch, aber er war doch ein Deutscher. Da war nun Jons Kalwis gerade der ersehnte Helfer. Er hatte so etwas eigen Schwärmerisches im Blick und in der Rede; er kannte die halbe Bibel auswendig; er verstand es, eine halbe Stunde lang ohne Stocken ein Gebet zu sprechen, in dem er mit Gott und seinen Engeln wie mit Anwesenden verkehrte. Wenn er in den Versammlungen sprach, wurde bald ein Seufzen und Stöhnen vernehmbar, das sich immer verstärkte und zuletzt den ganzen Kreis ergriff. Es setzte sich fort, auch wenn er geendet hatte, bis dann plötzlich jemand auf die Knie fiel, die Augen verdrehte und mit hocherhobenen Händen laut zu beten anfing. Einige Frauen brachten es zu Zuckungen, Krampfanfällen und Ohnmächten. Auf die andern wirkte dies gerade wie ein spannendes Schauspiel. Von weit her kam man zu den »Stunden«, die Kalwis ansagte. Er selbst glaubte an sich.

Urte bekümmerte sich längere Zeit auch als Frau noch wenig um diese Dinge, die ihrer praktischen Natur fern lagen. Sie meinte jedem zu geben, was sie ihm schuldig sei, und von niemandem mehr zu fordern, als seine Pflicht war – weshalb sollte sie sich da so besonders um ihr oder anderer Seelenheil bemühen? Als sie aber die Bemerkung machte, daß Jons besonders unter den Frauen und Mädchen einen großen Anhang gewann, und daß einige davon sich mit ihrer Person auffällig an ihn drängten, regte sich die Eifersucht. Sie ließ ihn nun selten allein in die Versammlungen gehen und tat selbst den Vorschlag, sie möchten lieber in ihrem Hause stattfinden. Es kam ihr nun nicht darauf an, die Dielen öfter scheuern lassen zu müssen. Übrigens merkte Jons nicht einmal den Grund. Er schien allein in seiner Gedankenwelt zu leben und zu den Menschen um ihn her nur so weit Beziehung zu haben, als sie ihn dort aufsuchten.

Drittehalb Jahre waren so verstrichen, seit Madle in Dienst gegangen, als die alte Großmütter schwer erkrankte. Sie quälte sich ein paar Wochen und starb dann, zu großer Bekümmernis ihres Mannes, der selbst altersschwach war und Beistand brauchte. Beim Begräbnis durfte die Enkelin nicht fehlen.

Urte brachte ihr die Nachricht und holte sie aus der Stadt ab. Von Zeit zu Zeit hatte sie ihr auch früher dort einen flüchtigen Besuch abgestattet, wenn Geschäfte sie hinführten. Im Hause war davon nie die Rede gewesen. Sie sei gesund, hieß es, und gefalle sich gut in ihrem Dienst. Nun kehrte Madle zum ersten Male wieder hier ein.

Wie sehr hatte sie sich in dieser Zeit verändert! Aus dem ungelenken und unmanierlichen Kinde war ein hübsches, schlank ausgewachsenes und zugleich kräftig entwickeltes Mädchen geworden, Jons stand auf der Steinlage vor der Haustür, um Madle zu begrüßen, als das Fuhrwerk ankam. So überrascht war er, wie er sie absteigen sah, daß er nicht einmal zusprang, um Urte herabzuhelfen. Madle stand eine kleine Weile neben den Pferden, faltete die Hände und sah zur Erde. Die Tränen liefen ihr über die vollen, aber jetzt bleichen Wangen – vielleicht in Gedanken an die tote Großmutter. Dann schien sie sich gewaltsam zu fassen, trocknete mit einem Zipfel der weißen Schürze das Gesicht, schritt auf Kalwis zu, reichte ihm die Hand und sogar den Mund zum Kuß, wie einem lieben Verwandten. Ihm zitterte das Herz. »Madle« – sagte er erfreut und doch so eigen beklommen, »ich erkenne dich kaum wieder.« Sie kehrte sich sogleich ab und ging, ohne ein Wort zu sprechen, ins Haus und zum Großvater ins Altsitzerstübchen. Der alte Mann empfing sie mit Klagen, wie schlecht es ihm nun gehen werde. »Ich habe immer gehofft, ich würde zuerst sterben, weil ich doch älter bin; nun hat sie mir das recht zum Ärger getan.«

Die Leiche war nach der Scheunentenne gebracht und dort eingesargt worden. Ein paar alte Weiber hockten am Boden und sangen mit großer Ausdauer geistliche Lieder. Die Familie fand sich am Sarge zusammen; Jons sprach ein Gebet. Madle stand ihm gegenüber und blickte scheu auf das gelbfahle Gesicht der Toten, manchmal auch, wie ängstlich prüfend, darüber hinweg zu dem Sprechenden. Einmal stockte Jons plötzlich mitten in einem Bibelspruch. Er hatte einen solchen Blick aufgefangen. Seine Rede verwirrte sich. Er kniete nieder und schloß rasch mit dem Vaterunser.

Nach dieser Feier trat Madle an ihn heran und sagte: »Ich danke dir, daß du so gut für die Großmutter gesprochen hast. Ich wollte, daß es dir aus dem Herzen gekommen wäre.«

Nun blitzte es aus ihren Augen wie von aufflackerndem Feuer. Sie schien Streit zu suchen.

»Weshalb zweifelst du daran?« fragte er.

Sie lächelte spöttisch. »Du bist ein gelehrter Mann«, entgegnete sie, »und kannst das alles auswendig. Die alte Frau hat von dir im Leben nicht viel Freundliches erfahren.«

Tiefe Röte überzog sein Gesicht. »Auch nicht Unfreundliches«, sagte er. »Meinetwegen hätte Urte ihr das Getreide und den Flachs reichlicher zumessen können.«

Madle hob das Kinn. »Die –!« warf sie geringschätzig hin. »Aus christlicher Liebe tut sie nichts, und du redest auch nur von ihr. Da lebt nun noch mein Großvater, und er ist ein alter, gebrechlicher Mann. Sorge, daß es ihm in seinen letzten Jahren an nichts fehlt, damit du an seinem Sarge mit ganz freiem Herzen beten kannst –, das wollte ich dir nur sagen.«

Sie wartete seine Erwiderung nicht ab, sondern trat zu dem Alten, der noch weinend am Sarge stand, und führte ihn hinaus. Er verlangte, daß der Pfarrer beim Begräbnis zugezogen werden solle, und beklagte sich, daß der Sarg von schlechtem Holz sei. In der Verschreibung war's ausgemacht, daß der Besitzer des Grundstücks die Altbesitzer zu beerdigen hätte; deshalb kam's auf Urte an, was sie unter einem »anständigen« Begräbnis verstehen wollte. Sie meinte, der Pfarrer gehöre nicht notwendig dazu, man könne ja auch ohne ihn singen. Jons bat sie, es auf die Kleinigkeit nicht ankommen zu lassen. Aber sie meinte: »Du kannst besser beten als der Pfarrer, und es kostet nichts. Man muß den Eigensinn nicht bestärken. Geb' ich diesmal nach, so wird auch künftig über meine Pflicht hinaus gefordert.«

Sie blieb hartnäckig. Zum ersten Male empfand Jons so etwas wie Beschämung, daß sein Wort im Hause nichts galt. Madle aber sagte, sie habe von ihrem Lohn so viel erspart, daß sie dem Großvater den Wunsch erfüllen könne, ging zum Pfarrer und bestellte ihn auf den Kirchhof.

Nach der Beerdigung blieb Madle noch einen Tag; Urte hatte ihr solange von ihrer Herrschaft Urlaub erbeten. Das Verhältnis zwischen Mutter und Tochter war auch jetzt kühl; aber Madle zeigte sich ruhiger und sicherer in ihrem Benehmen. Der längere Aufenthalt unter Deutschen von vornehmem Stande hatte ihr ein gewisses Geschick gegeben. Sie achtete auf sich und nahm sich zusammen. In ihrem Gesicht mußte ein Zug von Unbeweglichkeit auffallen, der angewöhnt sein mochte; die blauen Augen konnten aber sehr lebendig sprechen, und wenn der Mund mit den vollen Lippen und blendend weißen Zähnen nur ein wenig lächelte, teilte sich der Liebreiz ihrer ganzen Erscheinung mit. Sie trug das Haar in Zöpfen kranzartig aufgesteckt und die Jacke nach litauischem Schnitt, aber die Röcke städtisch verlängert und um den Hals ein Krägelchen, wie man's in der Stadt kaufen konnte. Diese Mischung der nationalen und städtischen Tracht ließ ihr sehr gut und hob sie aus ihrer Umgebung heraus. Jons konnte sich im stillen gar nicht von seinem Erstaunen erholen, was aus dem widerhaarigen Geschöpf geworden war.

Madle ging viel allein im Garten herum, besah jeden Baum und Strauch und schien sich der alten Bekannten zu erfreuen, die jetzt im Frühling lustig zu grünen anfingen. Am Nachmittag fand sich Jons dort zu ihr. Sie zog ihn mächtig an, mochte er sich's auch noch so harmlos auslegen. »Ich möchte dir noch einmal gute Freundschaft anbieten, Madle«, sagte er. »Ich weiß nicht, was dich damals so gegen mich aufgebracht hat. Aber wir sind nun ein paar Jahre älter geworden und können miteinander verständig sprechen. Hast du gegen mich einen Groll gehabt, den vergiß nun und glaube mir, daß ich dir immer gut gesinnt gewesen bin. Du bist ja deiner Mutter einziges Kind; da ist es doch zu traurig, daß du tust, als gehörtest du nicht hierher, und gibst den Leuten Anlaß, über euch beide zu reden. Zum Vater mag ich dir zu jung sein – jetzt mehr, als vor drei Jahren. Aber ich meine, wir können doch miteinander verkehren, auch wenn ich deiner Mutter Mann bin, woran ja nichts mehr zu ändern ist. Ich kann meines Lebens nicht froh werden, wenn du dich nicht mit uns aussöhnst.«

Er hielt ihr die Hand hin und sah sie recht treuherzig bittend an. Madle hatte ihn geduldig angehört und nur manchmal mit den Wimpern gezuckt oder die Lippen fester aufeinander gedrückt. Er mochte wohl auf sein Entgegenkommen eine freundliche Antwort erwarten. Sie aber blieb stumm und zupfte die Blüten aus einem kleinen Fliederstrauß, den sie abgepflückt hatte. Nach einer Weile blickte sie zu ihm auf, schien aber zu erschrecken und senkte gleich wieder die Augen. Seine Wangen hatten sich blitzschnell gerötet. »Hast du mir nichts zu sagen?« fragte er.

Sie schüttelte den Kopf.

»Nichts, Madle?«

Sie zerriß den Fliederstrauß. »Ich will nicht!« rief sie und wendete sich ab. »Ich weiß selbst nicht, was mir damals geschehen ist – aber ich kann's doch nicht loswerden. Meine Mutter ... Aber ich sage nichts – sie ist deine Frau. Laß mich! Es wird nur noch schlimmer. Morgen gehe ich nach der Stadt zurück und dann ...« Ihre Stimme wurde schluchzend. Sie entfernte sich schnell einige Schritte nach der Klete zu. Dort blieb sie noch einmal stehen. »Glaube übrigens nicht,« sagte sie, »daß ich dir feindlich bin. Nur so, wie du's haben willst ... nein, nein! Lieber in Feindschaft!« Sie eilte fort und schlug die Gartentür hinter sich zu.

Gegen Abend lärmte der alte Endratis, weil Madle am nächsten Tage wieder abreisen solle. Er hatte sich fest eingebildet, sie werde nun bei ihm bleiben, obgleich niemand davon sprach. Er war schon ganz schwachköpfig und jammerte, daß er in seiner Verlassenheit elend verkommen müsse. Eine Magd könne er nicht halten, und die Wirtin wünsche ihn lieber heute als morgen ins Grab. Er wolle aber doch sehen, wer das Mädchen zwingen könnte, ihn zu verlassen! Es nützte gar nichts, daß Madle selbst widersprach. Er hörte kaum mit halbem Ohr darauf und rief nur, indem er die Faust aufhob: »Sind das Menschen! Um das Grundstück haben sie dich gebracht, und deine Zinsen verschlucken sie, und dienen lassen sie dich bei fremden Leuten, und wenn dein Großvater alt und krank ist, sollst du ihm nicht einmal helfen! Und da beten und singen sie und streuen dem lieben Gott Sand in die Augen. Es ist eine Schande!«

Urte stemmte die Hände auf die Hüften und sagte: »Was willst du denn? Hab' ich dir die Madle schon verweigert? Wenn ich damals nicht gewollt hab', daß sie sich als ein störrisches Kind hinter die Großeltern steckte und ihrer leiblichen Mutter trotzte, so ist das jetzt anders geworden. Sie ist erwachsen und wird draußen gelernt haben, daß man sich fügen muß. Und du bist jetzt allein und viel krank und kannst sie brauchen. Mir aber wird sie nebenher im Hause auch nützlich sein. Deshalb ist's ganz in der Ordnung, wenn sie zurückkommt und ihre Pflicht tut gegen die Nächsten. Will sie das nicht, so ist's unsere Schuld nicht.« Madle war sichtlich in großer Angst. »Ich kann nicht,« sagte sie, »weiß Gott, ich kann nicht.«

»Da hörst du's nun«, rief die Frau.

»Weil sie fürchtet, daß ihr sie schlecht behandelt«, meinte der Alte; »weil sie nicht wie ein Kind –«

»Nein, nein!« fiel Madle ein. »Das wahrlich nicht.«

»Was denn aber–?« fragte der alte Mann ganz verwirrt, »ich bin doch dein Großvater.«

»Sie hat mit dir nicht mehr Mitleid als mit meinem Spitz«, spottete Urte.

»Mutter –!« schrie Madle auf. Sie faßte sich gleich wieder. »Es ist für dich so wenig gut als für mich, wenn wir beide ...«

»Was, was?« rief Urte sehr aufgeregt. »Sprich's doch aus, daß du keine Mutter haben willst und keinen Stiefvater.«

Madle hielt die Hände vors Gesicht und weinte. »O Gott, o Gott!« klagte sie. »Jons, ich bitte dich, laß es nicht zu, daß man mich zwingt zu bleiben. Es ist unser aller Unglück!«

»Mir ist's lieb, du bleibst hier«, sagte Kalwis, der in der Tür stand und sich bisher in den Streit gar nicht gemischt hatte. »Ich hab' dir heute schon gute Freundschaft angeboten.«

»Und nun gerade soll's geschehen«, bestimmte Urte. »Soll ich mir nachsagen lassen, daß ich dem alten Mann das Leben nicht gönne? Er schreit's ja selbst auf die Gasse hinaus. Jetzt will ich's: du kommst zurück!«

»Wenn du's *willst*,« sagte Madle sich aufrichtend, »dann freilich ... Den Großvater pfleg' ich schon gern. Aber vergiß nicht, daß du's selbst gewollt hast.«

»Was das für Reden sind«, schalt Urte. »Verstehst du ein Wort davon, Jons?«

Er schüttelte den Kopf, wagte aber dabei Madle nicht anzusehen. Es beunruhigte ihn, daß sie etwas im Rückhalt zu haben schien, das vielleicht auf ihn Bezug hätte. Ihm war so eigen beklommen zumut, solange sie wieder im Hause war, und doch wünschte er, daß sie bleibe. Weshalb sollte er sie auch meiden? –

Es war nun abgemacht, daß Madle zum Großvater sollte. Sie widersprach nicht mehr. Nur, meinte sie, würde sie doch den Dienst nicht auf der Stelle aufgeben können. Das leuchtete ein. Ein paar Wochen müßte man allerdings, trotz des Todesfalls in der Familie, der Herrschaft zugeben. »Ich kann nicht mitfahren,« sagte Urte, »da jetzt gerade in der Wirtschaft gar zuviel zu tun ist, und Endratis redet bei den Leuten doch nur unvernünftiges Zeug, wenn er sich nicht gar unterwegs betrinkt. Aber Jons hat Zeit, und er weiß auch die Worte gut zu setzen. Du kannst Madle morgen nach der Stadt bringen, Jons.«

»Ich habe Zeit«, antwortete er etwas zögernd und sah dabei schüchtern zu Madle hinüber, als wenn er sie fragen wollte, ob ihr's auch recht wäre. Sie lächelte nur vor sich hin und biß die Lippe. –

Es geschah natürlich, wie Urte es bestimmt hatte. Der kleine Wagen hatte nur einen Sitz für beide. Jons kutschierte selbst, machte es aber Madle nicht zu Dank, da er die Pferde gehen ließ, wie sie wollten. Sie nahm ihm bald die Leine aus der Hand. »Zurück kannst du mit den Braunen um die Wette träumen«, sagte sie; »jetzt erzähle mir etwas.«

»Was soll ich dir erzählen?« fragte er.

»Hast du in den Jahren nichts erlebt?«

»Nein. Es ist immer ein Tag ungefähr wie der andere gewesen.«

»Das ist recht langweilig.«

»Doch nicht. Wenn man viel liest und denkt ...«

»Hast du noch mehr Dainos für deinen Professor in Tilsit aufgefunden?«

»Ein paar.«

Er mußte sie ihr hersagen. »Wie kommt's nur, daß die Leute in den Liedern immer so traurig sind?« fragte sie.

»Es geht ihnen ja auch meist schlecht«, meinte er lächelnd.

»Doch nicht mehr, als im Leben gewöhnlich ist. Aber das ist's: sie nehmen es anders.«

Er sah sie überrascht an. »Wie verstehst du das?«

»Es geht ihnen zu Herzen,« antwortete sie, »und sie sprechen auch, wie es ihnen aufrichtig ums Herz ist.«

Nach einer Weile fragte sie: »Meinst du nicht, daß es mehr Leid als Freude in der Welt gibt?«

Er spielte die Antwort gleich auf religiöses Gebiet hinüber. Die Menschen bereiteten sich selbst viel Leid durch ihre Sündhaftigkeit, und von der rechten Freude in Gott wollten die wenigsten etwas wissen.

Das genügte ihr nicht. Das schwerste Leid, meinte sie, wäre doch das, wofür man gar nichts könne. Es komme, man wisse nicht wie, und es sitze fest, und alle augenblickliche Freude könne es nicht austreiben.

Man dürfe aber auch nicht unvernünftig dem lieben Gott vorschreiben wollen, entgegnete er, wie er die Welt regieren solle.

»Meinst du, daß er alles bestimmt,« fragte sie, »was jedem geschehen soll?«

»Das Gute freilich«, erwiderte er. Das Böse aber stamme daher, weil die Menschen sich seinem Willen nicht fügten.

Sie sann eine Weile nach, dann sagte sie: »Ich glaube, es ist alles bestimmt. Wir sind einmal so oder so geschaffen. Wenn wir auch abstreben, es nutzt uns wenig. Ehe wir es uns versehen, sind wir wieder dahingestellt, wo kein Ausweichen möglich ist. Wie es dann geht, so geht es.«

Jons glaubte zu erraten, worauf sie hinziele. »Zürnst du denn deiner Mutter noch immer, daß sie zum zweiten Male geheiratet hat?« sagte er.

Madle zuckte die Achseln. »Deshalb hab' ich ihr nie gezürnt.«

»Weshalb denn aber?«

Sie warf ihm seitwärts einen Blick zu, der wie ein Blitz einschlug.

»Weil sie dich geheiratet hat«, sagte sie schnell.

»Aber was tat ich dir, daß ich dir so verhaßt war?«

Um den hübschen Mund zuckte es. »Du warst mir nicht verhaßt.«

»Dann begreife ich doch nicht, warum deine Mutter gerade mich nicht heiraten sollte.«

Nun zog sie die Stirn in Falten. »Das begreifst du nicht, Jons?«

Er schüttelte den Kopf, sagte aber nichts.

Madle lachte auf. »Freilich – so ein häßliches, garstiges Kind! Aber jetzt magst du's doch wissen – *weil ich dir zu gut war.*«

Das Blut drängte sich ihr nach dem Gesicht. Sie atmete kurz und zwischen den verbissenen Zahnen durch, während die Lippen geöffnet blieben. Die Leine in ihren Händen riß sie plötzlich an sich, daß die Pferde aufschreckten und im wilden Lauf fortstürmten. Nach einigen Minuten erst versuchte sie's wieder, sie in ruhigeren Gang zu bringen. Da er beharrlich schwieg, sagte, sie: »Warum lachst du nicht darüber? Ein Kind hat manchmal seine närrische Art – nach Jahren kann man darüber lachen. Und nach Jahren kann man auch die Wahrheit sagen. Das ist man einander schuldig, wenn man doch durchaus zusammenleben soll. Meine Mutter will's ja. Will sie's nicht?«

Jons saß da, wie in sich hineingesunken. Hätte er nur lachen können! Es war ihm, als ob ihm etwas ganz Unglaubliches gesagt wäre, das er doch glauben müßte wie ein Wunder. Wie vor einem verschlossenen Tore hatte er gestanden, und plötzlich war's weit aufgetan. Und wie er nun recht hineinschaute, meinte er, daß es gar nicht verschlossen gewesen sein könne. Er sah seitwärts auf das Rad, dessen blanker Reif sich unaufhörlich drehte; ein Gefühl des Schwindels erfaßte ihn. Madle ergriff ihn am Arm. »Was fehlt dir denn?« rief sie. »Bist du krank geworden? Du fällst noch vom Wagen.«

»Es muß wohl so sein«, antwortete er, sich aufraffend. »In meinem armen Kopf ...«

»Weshalb quälst du auch immer deinen Kopf?« schalt sie. »Du bist mit deinen Gedanken immer woanders. Ich kann sprechen, was ich will, du achtest kaum darauf. Da nimm nur wieder die Leine in die Hand, damit du doch etwas zu tun hast. Ich werde in die Wolken gucken, das unterhält recht gut.«

Sie tat auch so, und Jons störte sie nicht. Er fuhr aber jetzt rasch zu und ließ von Zeit zu Zeit die Peitsche knallen. Es war noch weit bis zur Stadt.

Dort brachte er das Fuhrwerk im Kruge unter. »Geh nur voran,« sagte er, »ich komme gleich nach.«

Madle blieb am Wagen stehen. »Du hast Zeit, dich zu bedenken«, bemerkte sie. »Wenn dir's nicht lieb ist, daß ich nach Hause komme –«

»Wie sprichst du doch«, unterbrach er sie, mit dem Absträngen beschäftigt.

»Es könnte doch sein. Wenn meine Mutter ... Du magst sagen, ich war' am Ende wieder eigensinnig gewesen.«

»Nein, nein, es bleibt dabei«, entschied er mit Festigkeit.

Sie ging. Erst nach einer guten halben Stunde folgte er ihr. Madle hatte mit ihrer Herrschaft schon gesprochen. Das war gut, denn Kalwis benahm sich recht ungeschickt. Endlich einigte man sich dahin, daß das Mädchen noch sechs Wochen im Dienst bleiben sollte. »Du hast einen sehr jungen Stiefvater«, meinte die Frau. »Ein älterer war' mir auch lieber,« versicherte Madle, »aber meiner Mutter hat er so gefallen.«

Auf der ganzen Rückfahrt hatte Jons Kalwis nichts anderes im Sinn als jenes sonderbare: »Weil ich dir zu gut war!« Er betete zehn Vaterunser hintereinander, aber es half ihm nichts. Madle stand ihm immer vor Augen, und er legte die Hand auf den Platz, den sie neben ihm innegehabt hatte. Jedes Wort, das sie in den letzten Tagen gesprochen, brachte er wieder in sein Gedächtnis, und es bedeutete nun etwas. »Weil ich dir zu gut war!« Und er ahnte nicht einmal ... Madle hatte sich grausam gerächt.

Ein anderer kehrte er zurück, als er gegangen war.

Und alles um ihn her sah plötzlich anders aus, als es solange ausgesehen hatte.

War das noch dieselbe Frau? Sie schien wirklich zehn Jahre älter geworden als er – an diesem einen Tage. Er wollte seine Augen zwingen, die Runzeln auf ihrer Stirn nicht zu bemerken, aber seine

Augen zwangen ihn. Immer stand Madles blühende Gestalt neben ihrer ausgereiften.

Wenn Urte jetzt in ihrer männlichen Art Befehle gab, mit den Dienstleuten zankte, mit den Nachbarn und mit Fremden verhandelte, wie rauh klang ihm das! Und daß immer ihre Gedanken nur auf die Wirtschaft, auf die Vermehrung ihrer Habe gerichtet waren, daß sie jedem möglichst knapp seinen Teil zumaß und bei Kauf und Verkauf kleine Vorteile erlistete – unbegreiflich, daß er daran bisher keinen Anstoß genommen! Er hielt an sich, solange er's vermochte. Dann fiel eine Bemerkung, die sie übel deutete; ein Wort gab das andere, zum ersten Male kam es zu lautem Zank zwischen den Eheleuten, und es blieb nicht bei diesem ersten Male.

Die sechs Wochen gingen rasch vorbei. Von Tage zu Tage war Kalwis unruhiger und unsteter geworden. Mehrmals unternahm er Reisen in die Niederung, um dort Versammlungen abzuhalten. Urte verlangte, daß er Madle aus der Stadt abholen solle, aber er weigerte sich entschieden; er habe zugesagt, in den Fischerdörfern am Haff zu sprechen, und müsse Wort halten; es könne sein, daß er eine Woche ausbleibe. Darüber äußerte sich nun Urte unzufrieden. »Du treibst es immer toller«, schalt sie, »und wirst nächstens mehr auf der Landstraße als zu Hause sein. Freilich, wenn dir die Frauenzimmer schon von einem Dorf ins andere nachlaufen! Die Ilsze Wasbutis und die Erdme Kubillus haben es sicher nicht zu weit bis ans Haff. Man muß sich in ihr Herz hinein schämen.« Er ließ sich indessen nicht zurückhalten. Es ängstigte ihn, mit Madle wieder allein zu sein; sie sollte wissen, daß er sie nicht aufsuche; sie sollte ihn gar nicht einmal zu Hause finden, wenn sie kam.

Aber wie er auch seine Rückkehr verzögerte, endlich mußte er doch heim. Und die erste, die ihm entgegenkam, war Madle. Sie saß auf dem Bänkchen an der Haustür und las in einem von seinen Büchern, stand eilig auf und reichte ihm die Hand zum Willkomm. »Ich glaubte schon, du wolltest gar nicht mehr zurückkehren,« sagte sie, »da ich nun zu Hause bin.«

»Das ist doch kein Grund«, meinte er stotternd.

»Ich habe dein Buch genommen«, bemerkte sie; »darüber darfst du nicht böse sein.«

»Ich freue mich vielmehr,« versicherte er, »daß du lesen magst.«

»Es ist so langweilig hier im Dorfe,« sagte sie, »und die grobe Handarbeit gefällt mir noch nicht.«

»Das glaub' ich wohl«, bestätigte Jons. Er hielt noch immer ihre Hand fest und fühlte, wie weich sie war unter seinen Fingern.

»In der Stadt hab' ich auch die deutschen Bücher der Kinder gelesen«, fuhr sie fort. »Da sind schöne Geschichten drin, und ich will sie dir erzählen. Du kannst sie litauisch aufschreiben.«

So plauderte sie eine Weile fort, und Jons vergaß das Hineingehen. Wie hübsch Madle war, und wie zierlich sie sprach, und wie reizend sie lachte! Sie hatte etwas in den Augen, das ließ sich gar nicht ergründen; und doch schien sie nun ganz offen und ohne Rückhalt. Diese Augen! Er konnte nicht los von ihnen.

Im Hause entstand Lärm. Urte zankte derb die ungeschickte Magd aus. Es klang Jons schrill in die Ohren. Bald darauf trat sie auf die Schwelle und sah die beiden im Gespräch. Sie setzte die Hände auf die Hüften und sagte scherzhaft, aber doch geärgert: »Da hilft ein Fauler dem andern.« Nun begrüßte Jons sie, kaum anders, als ob er nur am Morgen fortgegangen wäre. Sie umarmte ihn doch und gab ihm einen Kuß. »Es ist nur gut, daß du wieder da bist«, bemerkte sie und klopfte ihm auf die Schulter. »Die Zeit ist mir recht lang geworden. Das Volk wird immer nichtsnutziger, und mit Madle hat man auch täglich seine Not. Du wirst nächstens einmal ein scharfes Wort sprechen müssen, damit sie merkt, daß ein Herr im Hause ist. Ich bin doch nur die Mutter.« Das Mädchen war gleich fortgelaufen.

Madle schlief in der Altsitzerstube und hielt sich dort auch einen großen Teil des Tages auf. Die Tür zur großen Stube war vernagelt gewesen, solange die Großmutter lebte; nun bog sie die verrosteten Nägel ab, damit sie sich wieder öffnen ließe. Wenn sie wußte, daß Urte auf dem Hof oder dem Felde beschäftigt war, kam sie herein, stellte sich plaudernd hinter Jons' Stuhl oder setzte sich zu ihm an den Tisch, stützte die Ellenbogen auf und sah ihn unverwandt mit ihren wunderlichen Augen an, wenn er etwas vorlas und erklärte. Er nahm immer gleich ein Buch, wenn sie kam, und hielt es mit beiden Händen fest, als wollte er sie fesseln. Manchmal wollte sie selbst eine Stelle lesen und rückte dann ganz nahe zu ihm heran. Er fühlte den warmen Hauch ihres Mundes auf seiner Hand und ihre Schulter an der seinigen. Das Blut pochte ihm in den Adern.

Es kam vor, daß Urte unerwartet eintrat und das trauliche Beisammensein störte. Daß Madle nun mit ihrem Mann ganz freundschaftlich verkehrte, sah sie gar nicht ungern. Ihr Verdruß war nur, daß soviel schöne Zeit bei den Büchern verschwendet wurde. »Du bist nun einmal so«, sagte sie zu Jons, »und wirst nicht anders werden. Aber für ein Mädchen schickt sich die Gelehrsamkeit schlecht. Du solltest ihr lieber ernstlich raten, sich in der Wirtschaft umzusehen, damit sie einmal ihrem Manne Gutes tun kann.« Urte war sonst so eifersüchtig, aber hier hatte sie kein Arg.

Wenn Madle im Garten war, hielt es Jons nicht lange in der Stube. Im Garten fühlte er sich viel freier. Jedermann könne über den niedrigen Zaun sehen, meinte er, und sich überzeugen, daß nichts Unrechtes vorgehe. Er wollte vergessen, daß es auch da dichte Hecken von Flieder und Holunder gab, und daß der Hopfen die Stangen hinter der Klete schon weit hinauf erklettert, unten aber eine schattige Laube gebildet hatte, in der Madle ganz besonders gern saß. Sie schalt wohl: »Bist du schon wieder da? Hast du nichts Besseres zu tun als mir aufzupassen?« Aber sie zürnte ihm nicht, wenn er blieb, rückte nicht fort, wenn er sich zu ihr setzte, und nahm ihre Augen wenig in acht, wenn er zu ihr sprach. »Ich weiß nicht, was in mich gefahren ist«, versicherte er; »ich muß mich jetzt immer zu den Büchern zwingen. Die Torheit ist mir lieber als die Weisheit.« Manchmal jagten sie einander wie die Kinder durch den Garten, bis er sie gefangen hatte, oder sie faßten sich bei den Händen und rangen unter hellem Lachen, um zu proben, wer der Stärkere sei. Als die Bierkirschen reiften, kletterte er auf die Bäume und pflückte ihr die schönsten und dunkelsten von der Sonnenseite. Das Leben schien ihm ganz lustig zu werden; er hatte es so noch niemals genossen.

Urte rief vergeblich nach dem Mädchen, wenn sie etwas besorgt haben wollte. Ging sie dann in den Garten und fand die beiden im vertraulichen Gespräch oder mit erhitzten Gesichtern, so gefiel es ihr nicht. »Was gibt's denn da?« fragte sie, oder: »Was habt ihr fortwährend miteinander?« Jons schickte sie hinein und Madle auf die Bleiche oder zu den Feldarbeitern. Zu Jons sagte sie: »Du bist ganz verwandelt und treibst rechte Kindereien«, und Madle schalt sie: »Wie schickt sich das?« Aber andern Tages begann wieder dasselbe Spiel.

Jons war nicht immer in so heiterer Stimmung. Manchmal überkam ihn eine tiefe Traurigkeit, und er ging dann mit Seufzen umher und saß stundenlang in einer halbdunklen Ecke der Stube mit geschlossenen Augen und lief, von Unruhe getrieben, in den Wald, warf sich auf die Erde und riß das Moos aus, das seine Hände greifen konnten. Dann verschwand er schon früh des Morgens und besuchte irgendein entferntes Dorf, um dort zum Abend eine Versammlung anzusagen. Seine Anhänger behaupteten, daß der Geist noch nie vorher so mächtig in ihm gewesen sei. Er sprach besonders gern von der Erbsünde und von der Demütigung des Menschen vor Gott und von dem Jüngsten Tage und von der ewigen Verdammnis derer, die nicht wiedergeboren würden im Lichte der Erkenntnis. Er klagte sich selbst großer Sündhaftigkeit an, schlug sich die Brust und betete mit feurigen Worten um Gottes Beistand, daß es ihm gelinge, das Fleisch zu töten. Bis spät in die Nacht setzten sich diese Gebetstunden fort; meist endeten sie damit, daß einige Weiber in Verzückung gerieten und in unsinnigen Reden den Untergang der Welt verkündeten. Jons wanderte in der Nacht weiter und trieb am andern Tage sein Wesen in einem andern Dorf, bis er völlig erschöpft war. Es war schon vorgekommen, daß man ihn in seinem geschwächten Zustande auf den Wagen setzen und nach Hause fahren mußte. Einmal hatte er drei Tage lang keine Nahrung zu sich genommen.

Alles Losringen schien umsonst zu sein. Madles Augen übten auf ihn einen Zauber, dem sich nicht widerstehen ließ. Hörte er sie draußen singen, so hielt er es nicht aus in seiner Einsamkeit. Und sie sang gern Lieder wie dies:

In der Nacht ohne Schlummer,
Sprach ich ein liebes Wörtlein:
Ewiglich,
Nun und nie
Von ihm mich zu trennen.
Viel wünschte ich lieber,
Daß Leib und Seele sich trennen,
Als daß ich hier
Geschieden wäre
Von dem zarten Jüngling.

Er selbst murmelte immer den Schlußvers eines andern Liedes vor sich hin, das ihm nicht aus dem Sinn wollte:

Bis an die Knie
Hinein in Sümpfe,
Bis an die Achseln
Hinein ins Wasser...
Armselig meine Tage!

Aber Madle schien nichts davon merken zu dürfen, daß seine Tage armselig. Nur wenige Minuten brauchte er bei ihr zu sein, so röteten sich wieder seine Wangen, blitzten seine Augen feurig, lachten seine Lippen. Die Dainos, die er für sie dichtete, klangen wohl traurig, sprachen aber auch ein Leid aus, das ihr selbst nahe ans Herz ging, wenn schon die Beziehungen poetisch verschleiert waren. Da sang der junge Knecht, der die Wirtin zur Frau begehrt in seinem Unverstand und das schöne Töchterchen nicht bemerkt –:

Eine Rosenknospe
Bei der vollen Rose.

Die volle Rose entblättert sich bald, und das Knöspchen blüht auf –

Morgenrot die Blättchen,
Sonnenschein die Fädchen,
Und im tiefsten Grunde,
Ach, ein Tränentröpfchen.

Dazu machte Madle sich eine recht schwermütige Melodie, und wenn ihre Mutter sie fragte: »Wo hast du das Lied her?« so lachte sie und rief: »Von dem jungen Knecht selbst, den's gereut. Das Knöspchen weint aber nur, weil er's nicht bricht. Wozu ist es sonst auf der Welt?«

Bei der Ernte mußten beide helfen. Eines Abends blieben sie noch auf dem Felde, als die andern Arbeiter schon zurückkehrten. Deren spöttische Reden verdrossen die Wirtin. Sie ging hinaus und fand sie weitab am Bach unter einem Weidengebüsch sitzen. Madle hatte die Arme um seinen Hals und den Kopf an seine Brust gelegt, Urte war's, als ob ein kaltes Eisen ihr durchs Herz fahre. Aus ihren dunklen Augen blitzte es wie nächtliches Unwetter, ihre Hände krallten sich, mit einem Satze sprang sie hinzu und riß die beiden voneinander. »So also steht's«, keuchte sie. »Mein Mann und meine Tochter... Und ich Blinde sah nichts! Wofür achtet ihr mich? Fort, und daß ich euch so nicht wieder treffe.« Sie stieß Madle vor sich hin. »Lieber hätt' ich einen Unhold geboren als dich.«

»Schlage mich nur«, rief Madle. »Ich kann's doch nicht ändern, daß ich ihm gut bin. Eher wirst du deine Hand verlieren, als ich mein Herz.« Und als sie über den Steg nach der Bleiche ging, sang sie wieder:

> Viel wünschte ich lieber.
> Daß Leib und Seele sich trennen,
> Als daß ich hier
> Geschieden wäre
> Von dem zarten Jüngling.

Jons verantwortete sich mit keiner Silbe. Er ließ einen Hagelschauer von Scheltreden über sich niederfallen und sah nur finster zur Erde. Endlich ließ Urte ab von ihm und entfernte sich weinend. Es war das erstemal, daß er sie weinen sah. Sie weinte im Zorn, aber sie weinte.

Drei Tage lang sprach sie kein Wort mit ihm. Die Tür zwischen den beiden vernagelte sie wieder, aufs Feld durfte Jons nicht hinaus. Er las eifrig in seiner Bibel, aber die Zeit von Sonnenaufgang bis Sonnenuntergang deuchte ihn endlos. Madle sang abends in des

Großvaters Stube; das konnte Urte ihr doch nicht verwehren. Und sie konnte es auch nicht hindern, daß Jons sie hörte. Sie polterte noch mehr als sonst im Hause. Niemand konnte ihr's recht machen. Die Magd jagte sie fort, weil sie mit einer alten Frau, die im Dorf als Neuigkeitskrämerin galt, hinter dem Zaun gezischelt hatte, und dem Knecht kündigte sie zu Martini, weil er für die Magd zu dreist sprach. Wenn man sie so hörte, mußte man glauben, sie fühle sich als die stolze Herrin, der sich alles fügen müsse. Aber ihr war sehr weh' zumut, sehr gedrückt ums Herz. Sie lärmte nur, um sich's wegzuschaffen. Und es gelang doch nicht. Sie wußte, daß sie etwas verloren hatte, und das war ihr ganzes Leben gewesen.

Endlich brach sie selbst das Schweigen. Kurz vor dem Schlafengehen war's. Madle sang nebenan, als ob sie den Großvater in Schlaf lullen müsse, Urte klopfte ärgerlich an die Tür, aber ohne Erfolg. »Sie muß wieder fort,« stöhnte sie, »es kann so nicht bleiben.«

Er seufzte schwer. »Du bist in deinem guten Recht,« sagte er, »und es schmerzt mich tief, daß alles so gekommen ist. Wenn ich vor drei Jahren geahnt hätte...«

»Was? Daß die Madle in so kurzer Zeit erwachsen sein würde? Das hast du dir an den Fingern abzahlen können. Und ich hab' dir's auch gesagt: Du bist zu jung für mich, warte ab, bis die Madle erwachsen ist. Hab' ich dir das gesagt?«

»Du hast es gesagt.«

»Damals hätt' es mir wenig ausgemacht, wenn du fortgegangen wärest und hättest an die Heirat nicht weiter gedacht. Und wenn auch – es wär' bald überwunden gewesen. Hinterher aber...« Sie biß knirschend die Zähne zusammen. »Bist du ihr denn wirklich gut?« fragte sie nach einer Weile, und die finsteren Augen standen ihr dabei voll Wasser.

»Damals hab' ich nicht geglaubt, daß es je möglich sein könnte«, antwortete er; »aber es ist über mich gekommen, ich weiß nicht wie, und ich kann's auch nicht beschreiben, wie es ist. Nur das verstehe ich, daß Gott mir nicht hat helfen wollen, von diesem Zwang mich zu befreien, und so bin ich ein armseliger Mensch, der sich nicht retten kann von seines Herzens Not.«

»Das darf doch nicht gelten«, sagte sie. »Wenn einer seinen schlechten Gedanken willig nachgibt, wie soll Gott dem helfen?«

Er seufzte wieder aus recht beklommener Brust. »Ja, ich bin schlecht, ich bin grundschlecht«, rief er. »Aber was kann ich dagegen –? Sie hat mir's angetan.«

»Ja, sie hat dir's angetan –« bestätigte Urte traurig. »Wie könntest du sonst so gotteslästerlich reden? Ich sehe wohl, daß sie mich haßt, weil ich dich geheiratet habe. Deshalb sinnt sie darauf, wie sie mich am tiefsten kränken kann. Das einzige will sie mir nehmen, was meinem Herzen lieb ist. Ganz verderben will sie dich, damit ich dich unter meinen Fuß trete. Dann wird sie hohnlachen über mich und über dich!«

Jons schüttelte schwermütig den Kopf.

»Wär's eine andere,« fuhr Urte fort, »da ließe sich's noch begreifen, was sie wollte. Was die mir aber nimmt, das kann sie selbst nicht einmal haben. Vor der eigenen Sünde erschrickt sie nicht, wenn sie dich nur verderben kann. Und du widerstehst nicht, weil der Böse durch sie über dich Gewalt hat.«

»Daß der Böse über mich Gewalt hat,« sagte er traurig, »das glaube ich wohl. Aber Madle ist nicht schuld daran. Es kann sein, daß mein Hochmut gestraft werden soll, weil ich mich zu sehr meiner Schwachheit und Unwissenheit überhoben hatte. Zu raten weiß ich mir aber nicht anders, als daß ich Haus und Hof verlasse und in die weite Welt gehe. Dazu bin ich bereit.«

»Das glaube doch nicht,« fiel sie mit Heftigkeit ein, »daß ich dich fortlasse, Jons. Zu mir gehörst du, und bei mir sollst du bleiben. Die Madle muß fort – so oder so. Ich leide nicht, daß sie mir im Wege steht zu dir.« Sie fing an zu schluchzen und umarmte ihn stürmisch und drückte ihn an die hochwogende Brust. Ihre Stimme wurde ganz weich. »Es ist ja nicht möglich, Jons, daß du weggehen kannst. Hab' ich dir nicht alles Gute getan? Andere mögen über mich zu klagen gehabt haben, du nicht. Und du sollst auch jetzt sehen, daß ich dir gut bin, wie kein Mensch sonst. Ich will dir's verzeihen, daß du dich verirrt hast und auch künftig mit keinem Wort daran denken. Aber verlassen darfst du mich nicht.«

Ihm war so bange zumut, daß er hätte laut aufschreien mögen. Wenn sie ihn nicht fortließ, was sollte aus ihm werden? Es rührte ihn, daß die Frau, die sonst so schroff und streng ihren Willen durchzusetzen gewohnt war, ihm ihre ganze Schwäche offenbarte; aber er wagte ihr nicht zu sagen: es soll wieder alles zwischen uns sein, wie es gewesen ist! Wie konnte das je geschehen? Madle hatte doch sein Herz. – Gleich am nächsten Morgen ging Urte in die Altsitzerstube und verlangte, daß das Mädchen wieder nach der Stadt gehen solle: für den alten Mann würde sie auf andere Art sorgen. Madle schlug es ihr rundweg ab. »Du hast es selbst so gewollt, daß ich zurückkomme«, sagte sie, »und keiner Warnung geachtet. Nun will ich mich nicht wieder von dir fortjagen lassen. Dies ist meines Vaters Haus, und das kann mir meine Mutter nicht verbieten.«

»Das kann sie dir verbieten,« rief Urte, »wenn du ihm solche Schande machst. Siehst du denn nicht, wohin dich der böse Geist treibt?«

Aber Madle war hartnäckig und blieb.

Die beängstigte Frau sann auf ein anderes Mittel. Das Mädchen müsse heiraten, überlegte sie. Da war ein Wirtssohn, ein sehr hübscher Mensch, der hatte schon wiederholt Madles wegen anfragen lassen. Sein Vater wollte ihm das Grundstück abtreten, wenn es zur Hochzeit käme. Urte sprach mit seiner Mutter und brachte im voraus alles in Ordnung, wie es in solchem Fall Sitte war. Als nun aber der Freiwerber mit dem Blumenstrauß am Hut auf dem Schimmel angeritten kam, versteckte Madle sich nicht, sondern ging ihm vors Haus entgegen und sagte: »Tritt nur lieber gar nicht ein und behalte dein Sprüchlein für dich. Denn hier wirst du kein Glück haben. Ich denke nicht daran zu heiraten – nicht jetzt und nicht übers Jahr.«

Urte schalt, bat und drohte vergebens, Madle blieb unbeweglich. »Es kann mich keiner zum Heiraten zwingen,« trotzte sie, »und für eine Hexe schickt sich's ohnedies besser, wenn sie ledig bleibt. Wem ich gut bin, den kann ich nicht haben, und einen andern mag ich in Ewigkeit nicht.«

Eine entsetzliche Unruhe trieb Urte seitdem um; keine Minute hielt sie sich für sicher, daß nicht ihr Recht gekränkt würde. Mit argwöhnischen Augen bewachte sie Jons. Wußte sie ihn im Garten, so schlich sie gebückt am Zaun entlang oder lauerte an der Ecke der

Klete. In die hintere Wand derselben hatte sie ein Loch gebohrt, um von innen her hinter die Hopfenwand blicken zu können. Sie lauschte auf jedes Wort und jeden Blick. Alle Farbe verlor sie, und die Augen lagen tief in den Höhlen.

Sie erreichte nur, daß die beiden Menschen, die sie fernhalten wollte, um so heimlicher verkehrten. Madle schien wie ein Kobold durch eine Tür- oder Fensterritze schlüpfen und durch die Luft verschwinden zu können. Für sie gab es keine Gewissensbedenken. »Kümmere dich um nichts,« flüsterte sie Jons zu, »ich bin dir gut und tu' dir alles zuliebe.« Sie zwang ihn mit einem Blick, mit einem Lächeln, mit einem Wink der Hand. Tausendmal rief er sich zu: Nicht weiter! und wenn er sie sah, war's vergessen.

»Was soll daraus werden, Madle?« fragte er.

»Warum willst du das wissen?« entgegnete sie. »Sei glücklich und laß mich glücklich sein. Dauert's kurz oder lang, was kommt's darauf an?«

»Aber es muß dein Verderben werden, Madle.«

Sie schmiegte sich an ihn. »Mag's doch! Ich will dir sagen, wenn's Zeit ist, Jons. Dann lädst du die Doppelflinte, die noch von meinem Vater her in der Kammer hängt, und der eine Schuß ist für mich und der andere für dich.«

Seine Stirn glühte. Wenn ihr's Ernst damit war... Er sah ihr tief in die Augen. Sie hielt seinen Blick aus, ohne zu zucken. Es war ihr Ernst damit. »Gut,« sagte er, »so soll's sein.«

Dieses Faktum beruhigte ihn. Vielleicht blieb nur noch eine kurze Spanne Zeit zum Leben – – mochte denn in ihr dem Herzen sein volles Recht werden!

Er besuchte keine Versammlung mehr; er las nicht mehr in seinen Büchern. Aber er dichtete Dainos, wie sie noch kein Litauer gedichtet hatte, schrieb sie auf kleine Blättchen und schob dieselben Madle in die Hand. Eine Stunde darauf hörte er sie singen.

Sie sang auch nachts, wenn alles längst zur Ruhe gegangen war, ganz leise draußen vor dem Fenster. Geweckt zu werden brauchte er nicht.

Urte pflegte nach des Tages Ermüdung immer sehr schnell einzuschlafen und die ersten Stunden der Nacht in tiefem Schlaf zu liegen. Sie merkte nichts davon, daß Jons aufstand, sich ankleidete und hinausschlich.

Einmal aber, von einem bösen Traum beängstigt, wachte sie auf und griff nach seiner Hand. Der Platz war leer. Sie setzte sich aufrecht, rieb die Augen, schob die Vorhänge des großen Himmelbetts zurück, blickte mit gespannter Aufmerksamkeit in die Stube, horchte. Es war alles still, nur die Wanduhr pickte, und der alte Endratis nebenan atmete vernehmlich. In der Dunkelheit ließ sich kein Gegenstand deutlich erkennen, nur zeichneten sich die Blumentöpfe auf dem Fensterbrett gegen den helleren Nachthimmel ab.

Jons war sicher nicht in der Stube. Sie sprang auf, warf ihre Röcke über, klinkte leise die Tür auf und ging hinaus. Die Haustür fand sie nur angelehnt. Nun wußte sie, was geschah. Im Garten vielleicht... Ja, im Garten. – – –

Als sie nach einer Viertelstunde zurückkehrte, warf sie sich auf das Bett und schluchzte laut. Als sie aber Jons kommen hörte, biß sie die Zähne in die Lippen und hielt sich ganz still. Ihr Entschluß war gefaßt: »Nie wieder!«

Am andern Morgen sah sie noch fahler aus als gewöhnlich; die Augen hatten einen gläsernen Ausdruck, die Lippen zuckten unaufhörlich. Aber sie sagte nichts, was Verdacht erregen konnte.

Es gab auf dem Felde zu tun. Der Weizen war schnittreif. Sie schickte die Arbeiter hinaus, mit ihnen auch Madle.

Um zehn Uhr brachte sie ihnen das Frühstück, Milch in Flaschen und Brot, jedem seinen Teil schon zu Hause zugemessen. Es geschah allemal so. Madle war durstig und trank hastig. »Wohl bekomm' es dir«, sagte Urte, indem sie ihr die Flasche wieder abnahm.

»Die Milch ist nicht gut,« meinte Madle, »aber sie löscht den Durst.«

»Sie hält sich in der Hitze schlecht,« antwortete Urte, »das ist im Sommer nicht anders.« »Ich bin heute so müde,« klagte das Mädchen und reckte die Arme auf – »ah!«

»Ich habe diese Nacht auch schlecht geschlafen«, sagte Urte. »Ich hatte einen häßlichen Traum – von einem Begräbnis, glaube ich... Man holt es wieder ein.«

Zum Mittag kam Madle nicht nach Hause. Sie hätte sich unter dem Rosenstrauch schlafen gelegt, berichteten die Arbeiter. Gegen Abend fühlte sie sich sehr unwohl. Sie klagte über Kopfschmerzen und spürte eine heftige Neigung zum Erbrechen. Urte bereitete ihr einen Tee und schickte sie früh zu Bett. Jons äußerte sich sehr besorgt. »Was wird's denn sein«, meinte Urte. »Sie hat sich erkältet. Wie andere Menschen richtet sie sich doch nicht ein. Ich wette, sie ist öfter in der Nacht aufgestanden und im Garten spazierengegangen, wenn's ihr in der Altsitzerstube zu heiß war. Heute früh hab' ich ihr Tuch auf dem Bänkchen unter der Linde gefunden. Wie man's treibt, so geht's.« Jons schwieg darauf.

Am andern Tage ging Madle wieder zur Arbeit. Vormittags trank sie ihre Milch, gab aber das Brot zurück: es schmeckte ihr nicht. Auch bei der Hauptmahlzeit aß sie wenig. Das Kopfweh stellte sich wieder ein und quälte sie bis zum Abend. Die Nacht schlief sie schlecht. Noch einige Tage weiter schleppte sie sich auf das Feld hinaus; sie schien sich gegen die Krankheit wehren zu wollen, aber die Harke wurde ihr schon zu schwer. Dann blieb sie in der Stube beim Großvater, dem es lieb war, wenn er ihren Beistand nicht tagüber entbehren mußte. Sie hatte aber Mühe, vom Stuhl aufzustehen und ihm etwas zu reichen. Urte brachte ihr die Suppe und holte die Schale wieder ab. Meist war sie kaum zur Hälfte geleert. Den Rest goß die sonst so sparsame Frau draußen in die Dunggrube.

Madle wollte sich mit Handarbeit beschäftigen. Sie suchte den Kasten vor, den die Herrschaft in der Stadt ihr einmal von einer Reise mitgebracht hatte. Unter dem Deckel befand sich ein kleiner Spiegel. Sie blickte halb zufällig hinein und erschrak über ihr Aussehen. Ihr Gesicht war grau, die Haut welk, die Wange eingefallen, das Auge glanzlos. Kein Tropfen Blut schien in ihren Adern zu sein. Dabei fühlte sie sich nicht eigentlich krank, nur entsetzlich matt und trübe gestimmt. Sie blieb in der Stube. Vor Jons wollte sie sich gar nicht sehen lassen. Von Zeit zu Zeit aber kam er außen ans Fenster, klopfte an und erkundigte sich, wie es ihr gehe. Es müsse doch bald besser werden, meinte sie. Aber ihr Zustand verschlechterte sich zusehends. Urte erkundigte sich bei allen alten Weibern im Dorf, was wohl helfen könnte, und bereitete ihr allerhand Tränkchen, zu denen dieselben rieten. Sie schienen eher das Unwohlsein zu befördern. Madle verfiel rasch in erschreckender Weise, sie schlich gebückt an der Wand hin, wälzte sich nachts schlaflos auf ihrem Lager, saß viele Stunden am Tage anscheinend ganz teilnahmlos da. Wenn sie des Morgens ihr Haar kämmte, blieben ganze Büschel am Kamm hängen.

Die Schwäche nahm immer zu. Bald klagte sie dem Alten, daß sie die Füße nur mit Mühe heben könne. Die Gelenke wurden unbeweglich. Sie mußte im Bett bleiben. Nun verlangte sie nach Jons. Er sollte ihr vorlesen. »Geh nur,« sagte Urte, »ich habe nichts dawider.«

Jons war entsetzt über ihren Anblick; kaum konnte er einen Schrei zurückhalten. Ihre Hand war kalt. Er beugte sich über ihr Gesicht, das traurig lächelte, und küßte ihren Mund. Auch die Lippen waren kühl. Es durchschauerte ihn. »Es ist bald aus gewesen mit aller Lust und Freude«, sagte sie leise. »Das letztemal im Garten...«

»Sprich nicht davon«, bat er, sich dicht zu ihr neigend.

»Warum nicht?« fragte sie. »Es war eine so schöne Nacht... ich muß immer an sie denken.«

Er las ihr aus dem Gesangbuch vor, aber sie schien wenig aufzumerken. Nach einer Weile sagte sie: »Wenn uns nur nicht jemand belauscht hat! Mir war so, als hörte ich einen Zweig hinter uns knicken – und bald darauf huschte es fort.« Und wieder nach einer Weile fragte sie: »Bist du ganz sicher, daß meine Mutter die Nacht geschlafen hat wie sonst?«

»Wie kann ich das?« antwortete er. »Später wachte sie gewiß. Es ist möglich, daß ich sie aufgeweckt habe.«

»Es ist möglich,« wiederholte Madle, »aber möglich ist's auch... Man mußte ja darauf gefaßt sein. Und verargen kann ihr's niemand...«

»Was denkst du, Madle? Sie ...?«

»Ich denke nichts, gar nichts – – .« Murmelnd setzte sie hinzu: »Ich weiß alles.« Auf seine Fragen gab sie weiter nicht Antwort.

Ihre Suppe rührte sie mittags nicht an, auch abends nicht.

Als Jons sie am andern Tage noch matter fand, sagte er: »Das darf ich so nicht länger mit ansehen; wir müssen den Arzt holen.«

Ihre Hand zuckte in der seinigen. »Das soll nicht geschehen,« sagte sie mit ängstlichem Ausdruck, »auf keinen Fall soll das geschehen.«

»Aber eine so tückische Krankheit –«

»Ich will den Arzt nicht«, fiel sie mit Heftigkeit ein; »– er kann mir nicht helfen.«

»Aber er hat andern schon geholfen.«

»Glaube mir, er kann mir nicht helfen. Es ist mir so verhängt, und ich beklage mich nicht darüber. Kein Arzt soll mich sehen – wenn meine Mutter selbst nicht darauf besteht. Aber sie wird's nicht, und du sollst sie auch nicht fragen,« Als er ging, bat sie ihn, ihr heimlich etwas von seinem Brot und seiner Milch zu bringen. »Die Suppe, die mir die Mutter kocht, esse ich nicht mehr«, setzte sie hinzu. »Aber laß sie's nicht merken!«

Er starrte sie an. Es war ihm, als ob der Tag sich verfinsterte und etwas Furchtbares aus der nächtlichen Tiefe aufstieg, seine Brust mit schreckhafter Ahnung zu beängstigen. »Madle,« rief er, »du fürchtest –«

»Still, still,« unterbrach sie, »kein Wort! Ich habe nichts gesagt. Vergiß nicht, wer... und daß wir... Still! Die Wände haben Ohren:«

Seitdem schwankte er umher wie einer, dem die Füße das schwere Haupt kaum tragen. Bei Madle stellten sich Krampfzufälle ein, dann lag sie stundenlang ohne Besinnung. Aber das Bewußtsein kehrte doch wieder. Jons saß Tag und Nacht an ihrem Bett. Einmal nahm sie seine Hand und zog ihn an sich. »Ich habe dir sagen wollen, wann es Zeit sein würde«, flüsterte sie ihm ins Ohr. »Nun ist's Zeit – aber nur für mich – und anders als ich dachte. Wir müssen Abschied nehmen. Gräme dich nicht darüber... Wie hat's denn enden können als mit schwerem Leid? Ich habe mein Teil getragen, trage du nun auch dein Teil. Und bete mit mir: Gott, vergib uns unsere Schuld, wie wir vergeben unsern Schuldigern.«

Er sprach die Worte mit bebenden Lippen nach. Sie küßte sie ihm vom Munde und sank zurück. Ein langer Seufzer noch, und Madle hatte ausgelitten. –

Urte trieb ihn von der Leiche fort. »Komm,« sagte sie, »die Toten wollen begraben sein. Jetzt gehörst du doch zu mir!«

Sie zog Madle die besten Kleider an; sie pflückte soviel Blumen im Garten, als im Spätsommer blühten, und legte um sie einen Kranz; sie gab ihr ein Gesangbuch in die kalten Hände und ließ am Sarge Wachskerzen brennen, die in einer katholischen Kirche jenseits der Grenze geweiht waren. Die Fenster wurden nicht geschlossen, und jeder, der wollte, konnte herantreten und das arme Ding da liegen sehen, das so jung hatte sterben müssen.

Urte richtete ein großes Begräbnis aus, wie es sich für eine reiche Wirtstochter schickte. Überall war sie selbst tätig, auch den Herrn Pfarrer bestellte sie, und er sollte zu Hause am Sarge und auch auf dem Kirchhofe sprechen. Sie bezahlte ihn im voraus dafür sehr reichlich. Bei der Rede vergoß sie viel Tränen, die ihr sicherlich aus dem Herzen kamen, und am Grabe, in das sie drei Hände voll Erde geworfen, stand sie lange in stillem Gebet. Die Nachbarn traten heran und drückten ihr Bedauern aus. »Sie war ja mein Kind,« sagte sie mit aufrichtigem Schmerz, »– mein einziges Kind!«

Endratis wimmerte bestätigend: »Ja, das einzige Kind, und das Grundstück kommt nun an Fremde:«

Jons kniete hinter einem Grabhügel, bis die ganze Feierlichkeit beendet war.

Urte hatte gleich vollauf Beschäftigung, das ganze Haus zu lüften und zu reinigen. Was irgend an Madle erinnern konnte, schaffte sie beiseite. Jons saß indessen im Garten auf dem Bänkchen unter dem Lindenbaum und stierte vor sich hin auf die Erde. Spätabends kam sie, ihn hereinzuholen. »Es ist nun alles in Ordnung,« sagte sie freundlich, »und wir können wieder das alte Leben anfangen, wie es vordem war, ehe Madle ins Haus zurückkehrte. Willst du, Jons?« Er rührte sich nicht.

»Es ist sehr traurig,« fuhr sie fort, »daß sie so jung hat sterben müssen, aber für uns ist's doch am besten so. Sie war unser Unglück.«

Er stieß einen ächzenden Ton aus und wandte sich ab.

Urte setzte sich zu ihm. »Ich will alles vergessen,« sagte sie, »und ich weiß doch mehr, als du denkst. Aber sei wieder gut gegen mich. Ich bin deine Frau, und so soll's bleiben.«

Sie legte den Arm um seinen Nacken und den Kopf auf seine Schulter. Er stieß sie zurück. »Mörderin –« zischelte er und schlug die Hände vors Gesicht.

»Jons!« schrie sie auf, »wer wagt...«

Er stand vor ihr, faßte sie bei den Schultern und schüttelte sie wie ein Wahnsinniger. Sein Gesicht war verzerrt. »Du hast sie vergiftet«, stöhnte er.

Sie zitterte unter seinen Händen. »Wer darf sagen –?«

»Lüge nicht! Du hast sie vergiftet – dein Kind vergiftet.«

»Schrei es doch ins Dorf hinaus –!«

»Nein! Niemand soll's wissen – niemand darf's wissen, Unselige. Du bist – mein Weib... Ich verrate dich nicht, mein Mund soll stumm sein wie ihr Mund. Aber vergeben kann ich dir nicht, wie sie dir vergeben hat. Ich habe dich schwer gekränkt, und du hast dich gerächt. Weher hättest du mir nicht tun können. Aber dir auch nicht. Wir sind geschieden.« »Wenn es geschehen ist,« murmelte sie, »kannst du's ausmessen, was ich auf mein Gewissen geladen habe? Eine Mutter! Aber wenn die's tut...«

»Wir sind geschieden«, ächzte er.

Sie umfaßte ihn. »Geschieden waren wir durch sie, jetzt aber steht keiner mehr zwischen uns. Was hast du mir vorzuwerfen? Madle war deine - Tochter. Galt dir ihre Schande weniger als ihr Tod? Danken solltest du mir...«

Jons riß sich los, schleuderte sie zurück und eilte fort durch die hintere Gartenpforte. Urte sah ihn, die Hände ringend, über den Steg und die Wiese dem Walde zulaufen. Sie eilte ihm einige Schritte nach, kehrte dann aber um und ging langsam dem Hause zu. Die

Hände hatte sie zusammengekrampft und die Zähne aufeinander-
gebissen. Er muß sich austoben, dachte sie – er kommt wieder, und
dann wird alles gut sein.

Aber Jons kam nicht wieder.

Ungefähr in der Mitte der Westküste des Samlandes liegt ein Ort Namens Palmnicken. Es befindet sich dort eine großartig betriebene Bernsteingräberei und -taucherei. Hoch auf dem Seeuferberge liegt die prächtige Villa des Unternehmers, etwas tiefer das Grubenhaus mit seinem Zubehör. Bergwerksmäßig wird tief ins Land hinein die noch unter dem Meeresspiegel liegende »Blaue Schicht« ausgehoben, in welcher sich das samländische Gold birgt. Am Seestrande aber liegt eine Reihe großer und fester Boote, zur Taucherei bestimmt, die eine Strecke seewärts, wo sich der Bernstein unter den mächtigen Steinlagern fängt, tagaus tagein betrieben wird, wenn nicht Stürme und hoher Seegang die Arbeit untersagen.

Ein solches Boot ist mit mindestens vier Leuten bemannt, mit der Luftpumpe und dem Taucherapparat ausgestattet. Die Taucher sind meist kräftige Litauer; sie zeigen sich am besten den Strapazen dieses auch im Winter nicht ruhenden Dienstes gewachsen. Auf der richtigen Stelle angelangt, werfen sie einen Anker. Der Taucher bekleidet sich mit dem wasserdichten Gummianzuge, schnallt die schweren Bleischuhe unter die Sohlen, hängt den Tornister um, durch welchen die verbrauchte Luft abfließen soll, und steigt auf die außen am Boote angebrachte Treppe. Nun nimmt er die Platte des Luftschlauchs, der in die Pumpe mündet, zwischen Lippe und Zähne; um einen kupfernen Ring, mit dem der Gummianzug über dem Gesicht abschließt, wird ein Helm geschraubt, in welchem sich zwei große Glasaugen befinden. In demselben Augenblick setzen die beiden Arbeiter an der Luftpumpe den Druckapparat in Bewegung.

Der Taucher wirft sich rücklings ins Wasser und sinkt langsam unter. Wo er am Grunde tätig ist, brodeln von Zelt zu Zeit auf der Oberfläche Luftbläschen auf. Er hat eine Eisenstange in der Hand, mit der er die Steine aufhebt, und einen Beutel umgehängt, in den er den aufgefundenen Bernstein wirft. Wohl zwei, auch drei Stunden lang vermag er's in der Tiefe auszuhalten. Dann zieht er die Glockenschnur und wird an der Leine bis zur Treppe hinausgehoben. Ein anderer Mann löst ihn ab. So wechseln sie bis zur Heimfahrt.

Es ist ein mühseliges und gesundheitsgefährliches Gewerbe. Auch die kräftigsten Männer bleiben von einem Lungenleiden nicht lange verschont, und alt werden die wenigsten.

Hierher hatte Jons Kalwis nach längerem Umherirren seinen Weg gefunden. Man wollte ihn nicht annehmen, da er schwächlich und kränklich aussah, aber er bestand darauf, in die Reihe der Taucher eingestellt und wenigstens zu einem Probedienst zugelassen zu werden. Er sei gesund und jetzt nur ein wenig heruntergekommen. Man versuchte es mit ihm und fand ihn tauglich.

Sein Körper freilich kräftigte sich nicht. Es kostete ihn offenbar die größte Anstrengung, sich in dem schweren Anzug aufrecht zu halten, und oft kam er ganz erschöpft aus der Tiefe herauf und lag dann längere Zeit bleich und schwer atmend im Boot. Aber er blieb solange unten wie andere Taucher und brachte meist seinen Beutel mit schönen und großen Stücken gefüllt herauf. Es nützte auch nicht, daß man ihm riet, sich zu schonen: er gab kaum darauf eine Antwort. Überhaupt galt er für den schweigsamsten Menschen, den man je kennengelernt hatte. Wäre es nicht bekannt gewesen, daß er sehr wohl sprechen könne, man würde ihn nach tagelanger Bekanntschaft für stumm gehalten haben. Er erhielt auch wirklich den Beinamen »Nebielies«, das heißt: »der Stumme« und wurde bald nur noch mit ihm bezeichnet. Er suchte keinen Freund, hielt sich meist allein, ging nie ins Wirtshaus, trank auch auf dem Boot selbst bei kaltem Herbst- und Winterwetter nur den Schluck, der zur Erfrischung der Lebensgeister nach der Taucherarbeit durchaus erforderlich war. Nahm ihn nicht die Arbeit in Anspruch, so schlief er oder saß auf der Düne und schaute aufs Meer und in die Wolken hinaus. Von seinem Verdienst gebrauchte er nur den kleinsten Teil für sich; das übrige gab er den Armen. Als einer von den älteren Tauchern nach schwerem Brustleiden verstarb und neben der Witwe eine Tochter hinterließ, die Madle hieß, nahm er sich der Familie wie ein Vater an.

Niemand wußte, wo Nebielies zu Hause, und daß er verheiratet war. Er hatte seine Schlafstelle in der Herberge und außer seinen Kleidern gar kein Besitztum. Madle Bennufzies und ihre Mutter hätten ihm allzu gern seine Wohltaten durch ihre Dienste vergolten, aber sie mußten schon froh sein, wenn er einmal durch sie ein Kleidungsstück ausbessern oder sich von ihnen das Essen aus dem Speisehause bringen ließ. Ihren Dank lehnte er ab. »Ich habe ein Mädchen gekannt, das Madle hieß, wie du, und auch ungefähr in deinem Alter war,« hatte er einmal gesagt, »deshalb tu' ich's. Das Mädchen ist tot.« Weitere Fragen beantwortete er nicht. Bald fragte auch niemand mehr.

Zu Madle fand sich ein junger Litauer, der an den Luftpumpen arbeitete. Aber sie konnten nicht heiraten, da sie zu arm waren. Dazu vermochte nun auch der Stumme nicht zu helfen.

So lebte Kalwis nun schon ins vierte Jahr; sein Leib war abgemagert, seine Gesichtsfarbe gelb, sein Atem keuchend, aber er versäumte keinen Tag den Dienst. In den großen Augen loderte noch etwas von dem früheren schwärmerischen Glanz, aber er senkte sie meist zur Erde, wenn man ihn anredete. Er las nie mehr in einem Buch, er ging keinen Sonntag zur Kirche. Wohl schien ihm nur zu sein, wenn der Kupferhelm sich vor seinem Gesicht geschlossen hatte und er durch dessen Glasaugen um sich herum das Seewasser grünlich schimmern sah. Da auf dem Meeresgrunde zwischen den Steinen hin und her schreitend, die viele Jahrtausende lang kein Lufthauch berührt hatte, konnte er sich einbilden, ganz allein auf der Welt zu sein. Da grübelte er über den Zusammenhang der Dinge nach, wie früher, und kam nie zu einem befriedigenden Schluß; da erneuerte er die alten glückseligen und schmerzlichen Erinnerungen, da sagte er in Gedanken die schwermütigen Lieder her, die er einst gelernt oder selbst gedichtet hatte, da bat er Gott um Verzeihung für alles Unrecht, das er getan, betete inbrünstig zu seinem Sohn, daß er Madle in Gnaden ansehen wolle, wie einst eine andere Magdalena. Immer zu kurz wurde ihm die Zeit tief unten in solchen Betrachtungen.

Eines Tages kam eine litauische Frau nach Palmnicken und erkundigte sich nach Jons Kalwis. Sie habe kürzlich von einem Manne ihrer Bekanntschaft, der hier Arbeit gesucht, aber auf die Dauer nicht gefunden habe, erfahren, daß er hier bei der Taucherei beschäftigt sei. Sie wäre seine Frau. Ihr unheimliches Wesen hatte bewirkt, daß man sie überall kurz abfertigte; die meisten wußten nicht einmal, daß ein Jons Kalwis bei den Tauchern sei. Endlich hatte ihr ein Aufseher geraten, sie solle nur nach Nebielies fragen.

So gelangte sie in die Nähe des Schlafhauses, eben als der Gesuchte herausgetreten war, um nach dem Boot zu gehen.

Er stutzte, starrte sie eine Weile sprachlos an, trat wie taumelnd einen Schritt zurück. »Was willst du?« fragte er endlich mit lallender Zunge.

»Jons,« bat Urte, »komm mit mir nach Hause. Es war, seit du fortgingst, eine schrecklich lange Nacht. Laß mich nicht länger allein.«

Er schüttelte den Kopf und streckte die Hand zitternd vor sich hin. »Warum suchst du mich?« entgegnete er. »Du wußtest, daß ich nicht gefunden sein wollte. Ich bin für dich nicht mehr unter den Lebenden und für mich auch nicht. Gönne mir Frieden.«

»Ich kann nicht«, sagte sie. »Ich habe selbst keinen Frieden, und deinetwegen war's doch, daß ich ihn verlor. Das Haus ist so einsam – der alte Mann ist nicht mehr nebenan. Mir graut in der Nacht. Ich will's nicht länger allein tragen. Komm mit! Sind wir zu zweien, so tut's uns nichts.«

»Ich bleibe«, rief er. »Nie wieder setz' ich den Fuß über deine Schwelle.«

»So bleibe auch ich«, trotzte sie. »Ich bin dein Weib und gehöre zu dir. Schüttle mich ab, wenn du kannst.«

»Es darf nicht sein«, antwortete er, sie abwehrend. »Dort oder hier – ich bin dir nichts mehr. Geh – geh! Wir hätten einander nie mehr wiedersehen sollen.«

»Ich gehe nicht«, versicherte sie mit großer Festigkeit. »Hab' ich dir nicht alles verziehen, was eine Frau und Mutter verzeihen kann! Und du willst mich so unchristlich verwerfen?«

»Sorge, daß Gott dich nicht verwirft«, sagte er, die Hand erhebend. »Ich bin ein sündhafter Mensch und kann deine Seele nicht retten. – Und nun laß mich an die Arbeit gehen, sie warten schon auf mich.«

Er schritt rasch dem Abberge zu und die Holztreppe nach dem Strand hinunter. Urte folgte ihm. Das Boot lag in der Schälung. Er sprang hinein, indem er ihm zugleich einen Stoß ins tiefere Wasser gab. »Nehmt mich mit«, flehte die Frau. »Er muß mich hören – er ist mein Mann!«

Sie ruderten schon über die Brandung hinweg.

Aber die Besatzung eines zweiten Boots, das eine halbe Stunde später ausfuhr, gelang es ihr mit Geld zu bestechen. Man nahm sie mit und ließ sie in das erste Boot übersteigen.

Jons war bereits in der Tiefe. Man zeigte auf die Richtung der Leine und des Luftschlauchs. Ängstlich starrte Urte über Bord in das graugrüne Wasser, als hätte sie auf dem Grund etwas erspähen können. Einen Augenblick war es ihr wirklich so, als ob sie eine ungeheuerliche Gestalt mit dickem Kopf und großen Augen nicht weit unter der Oberfläche gesehen hätte; sie war gleich wieder versunken. Die Litauer im Boot plauderten untereinander, erzählten von dem »Stummen«, was sie wußten, erkundigten sich nach seinen häuslichen Verhältnissen. Es war allgemeine Verwunderung, als sie hörten, daß er ein reicher Wirt sei. Sie hätten ihn lange für nicht ganz gesund im Kopf gehalten, sagten sie.

Jons war schon drei Stunden unter Wasser. Seit längerer Zeit hatte er die Stelle auf dem Grunde nicht verändert. Der mußte da ein gutes Bernsteinnest gefunden haben, meinten die Leute. Dann aber fiel es ihnen auf, daß die verbrauchte Luft nicht abgurgelte. Da das Wasser bewegt war, hatte sich dieser Umstand vielleicht schon längere Zeit ihrer Beobachtung entzogen. Als sie noch darüber sprachen und sich verwunderten, daß er nicht das Zeichen gebe, tauchte plötzlich in der Richtung der Leine ein dunkler Gegenstand über die Oberfläche, wie in die Höhe geschnellt. Man zog ihn eiligst heran. Er gab keine Hilfe mit den Händen; er stellte sich an der Treppe nicht aufrecht. Ein Mann mußte hinaustreten und ihn mit dem Oberkörper aufrichten. Da er nicht auf die Stufen trat, mußte man ihn über Bord ins Boot ziehen, was nur mit großer Mühe gelang. Das Vorderstück des Helms wurde abgeschroben. Zischend entwich die Luft. Als man endlich in die nun offene Hülle hineinzusehen imstande war, starrte daraus ein bleiches, bewegungsloses Gesicht hervor. Die Augen waren halb geschlossen; der Mund, der den Schlauch losgelassen hatte, fest verbissen. Jons Kalwis war für ewig stumm.

Das Weib stieß einen markerschütternden Schrei aus und warf sich über den Toten. »Jons, Jons,« klagte sie, »warum hast du mir das getan?«

Das Boot wurde sogleich ans Land gerudert, der Tote auf den Sand gelegt. Eine große Menschenmenge strömte zu. Ein solcher Unglücksfall hatte sich noch nie vorher ereignet. Man erging sich in allerhand Vermutungen, sonst ohne nähere Beteiligung. Nur die Witwe Bennuszies und Madle knieten neben dem Toten und weinten ihm aufrichtige Tränen nach.

Drei Tage darauf ließ Urte ihn begraben. Als er in die Erde gesenkt wurde, fiel sie in unbändigem Schmerz nieder, raufte sich das Haar und schrie unaufhörlich: »Mein Kind, mein Kind!« Man hielt sie für geisteskrank. Die beiden Frauen nahmen sich ihrer an.

Dann reiste sie in die Heimat zurück, verkaufte ihr Grundstück und kam mit einem reichen Vorrat von Geld wieder nach Palmnicken. Auch die Bücher brachte sie mit, die Jons lieb gewesen waren, sonst nichts von ihrer früheren Habe. Sie erwarb ein Häuschen nicht weit vom Kirchhof und betete täglich am Grabe ihres Mannes.

Für Madle Bennuszies schien sie eine tiefe Neigung gefaßt zu haben. Sie behandelte sie wie eine Tochter und sagte tausendmal: »Du und deine Mutter, ihr seid ihm lieb geworden; ich will euch Gutes tun, wie er euch Gutes getan hat.« Sie stattete Madle reichlich aus und richtete für sie die Hochzeit mit ihrem Annuszus her.

Man glaubt allgemein, daß sie ihre Erbin sein wird. Aber sie weiß nicht einmal, daß Urte eine Tochter hatte, die Madle hieß, wie sie. –

Über tredition

Eigenes Buch veröffentlichen

tredition wurde 2006 in Hamburg gegründet und hat seither mehrere tausend Buchtitel veröffentlicht. Autoren veröffentlichen in wenigen leichten Schritten gedruckte Bücher, e-Books und audio-Books. tredition hat das Ziel, die beste und fairste Veröffentlichungsmöglichkeit für Autoren zu bieten.

tredition wurde mit der Erkenntnis gegründet, dass nur etwa jedes 200. bei Verlagen eingereichte Manuskript veröffentlicht wird. Dabei hat jedes Buch seinen Markt, also seine Leser. tredition sorgt dafür, dass für jedes Buch die Leserschaft auch erreicht wird.

Im einzigartigen Literatur-Netzwerk von tredition bieten zahlreiche Literatur-Partner (das sind Lektoren, Übersetzer, Hörbuchsprecher und Illustratoren) ihre Dienstleistung an, um Manuskripte zu verbessern oder die Vielfalt zu erhöhen. Autoren vereinbaren direkt mit den Literatur-Partnern die Konditionen ihrer Zusammenarbeit und partizipieren gemeinsam am Erfolg des Buches.

Das gesamte Verlagsprogramm von tredition ist bei allen stationären Buchhandlungen und Online-Buchhändlern wie z. B. Amazon erhältlich. e-Books stehen bei den führenden Online-Portalen (z. B. iBookstore von Apple oder Kindle von Amazon) zum Verkauf.

Einfach leicht ein Buch veröffentlichen: **www.tredition.de**

Eigene Buchreihe oder eigenen Verlag gründen

Seit 2009 bietet tredition sein Verlagskonzept auch als sogenanntes "White-Label" an. Das bedeutet, dass andere Unternehmen, Institutionen und Personen risikofrei und unkompliziert selbst zum Herausgeber von Büchern und Buchreihen unter eigener Marke werden können. tredition übernimmt dabei das komplette Herstellungs- und Distributionsrisiko.

Zahlreiche Zeitschriften-, Zeitungs- und Buchverlage, Universitäten, Forschungseinrichtungen u.v.m. nutzen diese Dienstleistung von tredition, um unter eigener Marke ohne Risiko Bücher zu verlegen.

Alle Informationen im Internet: **www.tredition.de/fuer-verlage**

tredition wurde mit mehreren Innovationspreisen ausgezeichnet, u. a. mit dem Webfuture Award und dem Innovationspreis der Buch Digitale.

tredition ist Mitglied im Börsenverein des Deutschen Buchhandels.

Dieses Werk elektronisch lesen

Dieses Werk ist Teil der Gutenberg-DE Edition DVD. Diese enthält das komplette Archiv des Projekt Gutenberg-DE. Die DVD ist im Internet erhältlich auf **http://gutenbergshop.abc.de**